身体已经上路，灵魂却驻守在故乡。

我们正在消失的乡村生活

安宁——著

全国百佳图书出版单位
时代出版传媒股份有限公司
黄山书社

图书在版编目(CIP)数据

我们正在消失的乡村生活 / 安宁著. —合肥:黄山书社,2015.11

ISBN 978 - 7 - 5461 - 4124 - 4

Ⅰ.①我… Ⅱ.①安… Ⅲ.①散文集 - 中国 - 当代 Ⅳ.①I267

中国版本图书馆 CIP 数据核字(2015)第 252537 号

我们正在消失的乡村生活 **安 宁 著**

WOMEN ZHENGZAI XIAOSHI DE XIANGCUN SHENGHUO

出 品 人 王晓光
责任编辑 张月阳
装帧设计 观止堂_刘 俊
插　　画 月 光
责任印制 戚 帅 李 磊
出版发行 时代出版传媒股份有限公司(http://www.press-mart.com)
黄山书社(http://www.hspress.cn)
地址邮编 安徽省合肥市蜀山区翡翠路 1118 号出版传媒广场 7 层 230071
印　　刷 安徽国文彩印有限公司
版　　次 2016 年 4 月第 1 版
印　　次 2018 年 10 月第 4 次印刷
开　　本 880 mm×1230 mm 1/32
字　　数 120 千
印　　张 6.625
书　　号 ISBN 978 - 7 - 5461 - 4124 - 4
定　　价 29.80 元

服务热线 0551 - 63533706

销售热线 0551 - 63533761

官方直营书店(http://hsssbook.taobao.com)

目　录

自　序

为什么要写作乡村系列散文呢？我说不太清，因为灵感来得非常突然。却也明白，文中所有的故事，都早已在我的生命中根深蒂固，我只是打开窗户，将它们从心里搬运到纸上。乡下二十多年的生活经历，让我无论行至何处，都无法清洗掉这段生活的印痕。它们化为我的血肉，又强大的像梧桐的根系一样，四通八达地扎进我的身体。即便我想逃避，我不喜欢，我在人前美化，我遮掩撒谎，我小心翼翼，都无济于事。不管我写还是不写，我都无法绕开人生中的这段行程。它们储藏在我的心里，宝藏一样，安静地等待某一天，我会忽然间将它们想起。

我相信每一个写作者，一旦能够将人生中的一段经历转化为文字，一定是他（她）已经成熟到足够释然与宽容，可以直面所有过去生活带来的伤痛，并接纳因此而形成的自我个性中的种种缺陷与遗憾。就像我不喜欢自己的固执、倔强、悲观、焦虑与孤独，却明白所有的一切，都源自不可逃避的乡村生活。它影响了我二十多年，也必将延伸至一生的旅程。所以对于故乡的情感，我想不能用简单的爱或者恨概括。故乡在我的心里，是一个知晓我一切秘密与疤痕的人，我只有跟它保持一定的距离，才能安静地书写与它相关的一切。就像而今写下这些文字的时候，我在离家千里的异乡定居，故乡的人事与纷扰，都锁在了记忆之中，所以它们是安全的、稳妥的，不会像潘多拉的盒子，打开后，有让人恐惧的罪恶的虫蝇。所以作为创作的素材，它们终于瓜熟蒂落。

我是在去年怀孕的时候，忽然间想要去看一眼让我想念也让我惧怕的村庄的。那时我已经离开了村庄十年，尽管每年都会回去看望父母，但因为全家搬迁至县城定居，而自此与乡村隔了十几里的安全的距离。或许，女人在孕育生命的时候，对于故乡，都有一种强烈的想要回返的愿望，就像一条鱼逆流而上，回到它出生的源头。我想我需要带着腹中的孩子，去看一眼自己说不上太过幸福的童年，看一眼那段封存在衰败苍老的村庄里完好无损的时光。

最终是父亲带我圆了这样的梦想。当我穿越十年时光，回到故乡，推开自家庭院锈迹斑斑的铁门，就在那样的一刻，所有我以为忘记了的乡村生活，瞬间复活。我想，我需要用文字将它们全部记下，而这种源自情感的迫切的内心需要，不只是因为写作。

这是童年视角中的乡村生活，野性的，世俗的，吵嚷的，鸡零狗碎的，甚至粗野的。我不想美化生活，我只负责记录，尽管，我相信每一个记录者，都难免带上主观的色彩，让那一份真实，多多少少，都有些虚幻。如果有人问起，这是否真实的生活，我想我会回答是的，那是我心中的真实，历经了很多年，被时光与记忆一起发酵之后的真实的味道，它们不复昔日作为粮食时的硬度与质感，而转化为另外一种叫作醇酒的芬芳的劲辣的液体。

我以一本书的容量，承载我与故乡之间的爱恨情仇。我将那些烙在我生命中的疼痛、恐惧、挣扎、自卑、焦灼，一一梳理。而我所选择的写作的色调，则是与复杂情感相反的幽默、自嘲与嬉笑。好像，一切过往在我的生命之中，都无关紧要，轻若鸿毛。我想只有如此，我才能一层一层揭开乡村的面纱，看清其间与我一起生活过的村民的喜怒哀乐。

记得去年踏入村子的时候，我看到一个曾经熟悉的村民，他已经老得快要认不出了。我看他佝偻着腰，在路边放羊，脸上写满了沧桑与疲惫、麻木与顺从，我忽然就在那一刻，原谅了所有村民的自私、算计、嫉妒与彼此间的伤害与残忍。所以当我写下这些文字的时候，我再一次成为一个单纯的无忧无虑的孩子。我将一切来自村民的争吵、偷盗、折磨、小心眼，都视之为正常，它们构成了我记忆中的乡村生活。而我，只是嬉皮笑脸地在一旁看着那个儿时的自己，左冲右突，逃脱不掉，却也依然茁壮地、骄傲地、勇敢地长大成人。

我爱这样丰富饱满又热辣琐碎的故乡，它当然也有小桥流水、古道西风，但所有田园的风景，都只是我文字中的背景。我只选取那去除了风景包装之后的劲道的生活，它们在我记忆的窥视之下，每日热气腾腾地上演。除了记录，我想我别无他途，可以抵达那个倔强骄傲又卑微焦灼的童年的我。

偷　情

天一黑下来，村子里的一些狗，就叫得有些暧昧。常常是接连几声警惕性的吼叫之后，便忽然间住了声，有时还会发出一声被什么人给欺负了似的悲戚的叫声，或者偶尔愤愤不平地再加塞一两声怒吼，但大抵也不会太过长久，便没了声息。

坐在院子门口乘凉的胖婶，压低了声音神秘兮兮地对邻家女人道：宝成媳妇今晚八成又得跟宝成分床睡！说完了又好像怕别人没有听明白似的，意味深长地嘿嘿笑起来。一边笑一边添上一句什么，邻家女人一把扭了胖婶的屁股一下，直惹得旁边聊国家大事的男人们看过来，笑骂道：这群老娘们儿，天天叨叨个啥呢，乐得腮帮子都快掉下来了！

老娘们儿叨叨的当然都是床上事，似乎，她们天生就是为这点破事而活着的，如果没有了它们作为调剂品，每晚睡觉的时候，总是会觉得缺少了点什么。这些破事简直比她们自己跟男人们的性事还要重要，只要有一张嘴在，宝成的风骚事，就别想逃得过女人们犀利的耳朵和眼睛。即便是女人们都睡下了，那机警的狗们，也还是会接了她们的班，行使侦察兵的职责。

宝成是不害怕村里女人们的嘴的。宝成有的是钱，他开小煤窑，还雄心勃勃地到处串门，宣称他要买下邻镇更大的煤窑。这样的豪言壮语，惹得男人们嫉妒到眼红，而女人们呢，更是一边埋怨自己的男人没有本事，一边将更毒辣的视线，射向宝成常常没事打情骂俏的代雨媳妇身上。

代雨去山西挖煤，大半年也没有回来。代雨媳妇长得好看，女人们如果大方，评她作为我们村的村花，应该是当之无愧。一个村花整日打扮得花枝招展地在街头闲逛，最容易惹女人们嫉恨了，而跟“成功人士”宝成勾搭在一起，更是罪加一等、不可饶恕！关键，代雨媳妇还不搭理女人们的白眼，不肯收敛那股子风骚的放浪劲，以至于一声狗叫，女人们都敏感地以为是宝成又去代雨媳妇家偷情了。

其实在村子里关于代雨媳妇跟宝成偷情的花边新闻悄无声

息传播开来之前，我就已经窥出了端倪。代雨在外打工，挣回了一个黑白电视机。可惜代雨没心情看电视，很快又赶回山西挖煤了，于是电视便成了代雨儿子跟我们这群孩子们的宝贝。我喜欢在代雨家一待就是一个下午，以便能在六点的时候，光明正大地看葫芦娃或者黑猫警长。在一群叫嚷的小孩子中，我常常会发现宝成的影子，他当然不是来看电视的。不过他会站在我们小孩子身边，像模像样地跟我们聊几句黑猫警长的故事，或者给我们几毛钱，让我们去小卖铺里买冰棍吃。所以大家还都算是喜欢大方的宝成，也乐意他无所事事地围在我们身边，看一集动画片。然后，他趁我们不注意，一转身，去了灶间，找代雨媳妇去了。

灶间很小，除了放一些玉米秸和柴火之外，也就能容得下一个人在里面忙活。宝成个大，但这并不妨碍他蹲在灶间门口，讨好地帮代雨媳妇递柴火，或者干脆搬个小板凳，像我们小孩子一样，仰头笑看着代雨媳妇搅着锅里的玉米糊糊。代雨媳妇长得丰满，于是她搅锅的时候，两个饱满的乳房，便跟着有节奏地颤动，而宝成的眼睛，也随着上下左右地乱窜。我在动画片没有播放之前，喜欢一个人在院子里玩。宝成根本就不顾及我的存在，也或许，他已经进入了忘我的境界，所以才毫无顾忌地捏捏代雨媳妇的手，又摸摸她肥硕的屁股蛋子，甚至有一次，眼看着就要亲到她的嘴了，我很不识趣地到灶台旁边舀凉水喝，代雨媳妇立刻红着脸躲开了。宝成并不恼，依然不紧不慢地拿烧火棍撩拨着灶底下的火，聊着一些让代雨媳妇羞涩的废话。

我倒是喜欢看代雨媳妇脸上飞起的红晕，好像桃花，一朵一朵，染红了一整棵树。代雨媳妇这株俊俏的小桃树，假若揭开面纱，一定也都是红彤彤的；而且生机勃勃，充满了山野的气息。所以我常常借故在院子里多待上一段时间，就是为了看代雨媳妇欲拒还迎地跟宝成说闲话。院子里静悄悄的，只有灶底的柴火，噼里啪啦地燃烧着。院墙外好像有什么人，咳嗽一声，便走过去了。屋子里则是孩子们看动画片时，随着剧情而发出的惊讶或者叹息声。我看到代雨媳妇跨过宝成的双腿，差一点就被宝成的胳膊给绊倒了，歪在他的身上。我脸红得厉害，好像自己跟人偷情了一样，一低头，溜进屋子里去了。

代雨家的墙壁上，贴着许多漂亮的明信片，都是代雨儿子买下来打算送人，却没有送出去的。那明信片里有一张，画着某个脸蛋迷人的明星，含羞带嗔的，似乎想要把画外的人，给引诱到画里面去。除了我，那画并没有吸引其他的孩子，所以它也就在那里，安安静静地待着，守着一张画的名分，老实度日。忽然有一天，宝成笑嘻嘻地指着那画，对屋子里打扫卫生的代雨媳妇说：你真像画上的这个明星。

因为动画片里吵嚷的声音，这句话几乎没有人听到。小伙伴们都沉浸在剧情里，完全忽略了屋子里悄无声息进行的隐秘的事件。只有我，窥到代雨媳妇给了宝成一个意味深长的白眼。那白眼让年少的我，忽然间意识到，接下来，或许有比黑猫警长更为曲折的故事发生了。

在小孩子们看完了电视，打着哈欠，陆续走出去的时候，我磨磨蹭蹭地留了下来。那时代雨媳妇已经跟宝成去了一帘之隔的卧室。风吹进来，掀起帘子的一角，我一低头，看见两双鞋子，歪歪斜斜地摆放在地上，其中的一双，擦得锃亮，我认出来，那是宝成的皮鞋。我忽然有些慌张，不知那急促的呼吸，究竟来自自己，还是帘子后面的代雨媳妇。我觉得自己鬼鬼祟祟的，有些惹人讨厌。除了仓皇逃走，我想不到自己还能做些什么，在只剩下代雨媳妇和宝成的空荡荡的房间里。

我一直以为，代雨媳妇和宝成腻歪在一起的秘密，只有我一个人知道，我是个守口如瓶的人，一心一意地捂着那个秘密，不肯告诉任何人。可是，那秘密却好像长了翅膀一样，或者像孙悟空，化作一缕青烟，从我心里飘了出去，而且，很快呛得整个村子里的人，都咳嗽起来。那咳嗽暗含深意，让听到的人，忍不住都颤动一下。

据说宝成媳妇是最后一个知道的。这个可怜的女人，长得瘦瘦小小的，好像一枚永远也舒展不开的枣子。宝成泡了十几年，终于没了耐心，丢了了无甜味的枣子，去寻村花代雨媳妇了。人人都以为宝成媳妇会大吵大闹，婚当然是不会离的，不会便宜了代雨媳妇，而且他们都已经有了两个儿子，又恰逢过上了小煤老板的好日子，宝成媳妇舍不得这一起打下的江山。于是宝成媳妇选择了人前隐忍，人后跟宝成在家里撕扯打架。

嘴快舌长的胖婶说，宝成媳妇跟代雨媳妇打起来了。她还描述得惟妙惟肖，将宝成媳妇怎样骑在代雨媳妇身上，给了她几个巴掌，说得好像她自己成了报仇雪恨的宝成媳妇一样。胖婶还说，代雨媳妇脸被挖了好几道子红印，掉了皮，差点破了相。而且干巴巴的宝成媳妇回到家，还将宝成的裤子都剪烂了，让他没法穿出门去。当然，宝成也毫不示弱，扛着椅子追着媳妇要打。大家听了胖婶的讲述，都笑死了，比在麦场里看一场最新的喜剧电影还乐。

但不管胖婶和一群女人们如何乱喷脏话，在街上再次遇见代雨媳妇时，她还是那副骄傲的模样，穿着花裙子，婀娜多姿，好像一株杨柳树，在水边飘拂。她跟谁都不亲近，跟谁也都不冷漠，所以村子里的女人们，都拿不准她心里到底在想些什么，究竟是被宝成媳妇真的打了巴掌呢，还是她将宝成媳妇给吓出去了呢？都成了谜一样，让人猜不透。这样的代雨媳妇，反倒看上去更让人着迷。尤其男人们，几乎有些吃醋，那宝成不就是凭着自己有几个臭钱，就能随便出入代雨家，用一斤红糖二斤水果，诱惑到了代雨媳妇么？这事要是让代雨知道了，非得打断他的狗腿，让他不仅见不到代雨媳妇，连煤窑也开不成！

可是，男人们也和女人们一样，猜错了。代雨在年底回到了村里，他挖煤挖得自己快成一块黑煤了。很快有长舌妇一样的男人，将代雨媳妇跟宝成偷情的事，说给了代雨听。代雨不知道有没有跟媳妇争吵过，反正，代雨媳妇照旧欢天喜地，还将代雨拿回来的山西特产，给邻居们展示炫耀。代雨也一脸的喜气洋洋，见人来了，就讲山西人的逸闻趣事，好像，他这大半年是去旅游兜风了，而不是到地底下挖煤受苦去了。

两三个月后，便有眼尖的女人，发现了代雨和代雨媳妇被偷情的阴云给罩住时，依然和和睦睦过自己小日子的秘密：代雨媳妇怀孕了！女人们掐指一算，很失望地发现，这个孩子是代雨的，跟宝成一点关系也没有。而在代雨回来之后，宝成也没有像老鼠一样藏起来，安稳消停，而是照例隔上几日，去代雨家一坐，跟代雨聊聊山西人的煤跟他产的煤有啥区别，或者跟代雨媳妇嘻嘻哈哈地开几句玩笑。那玩笑照例是“宝成体”的，带着一点暧昧，又小风一样，掀起衣角，却没有解那衣扣，便轻轻划过去了。

我再去代雨家看动画片的时候，代雨媳妇已经抱着新出生的小儿子，站在房间里说说笑笑了。不大的堂屋里，代雨编筐占去了大半个地方，剩下的一角，就给了我和其他看电视的小孩子们。而大块头的宝成呢，跟代雨和代雨邻居聊着聊着，便被挤进了旁边的小房间里。那里面还有抱着小儿子的代雨媳妇，正一边哄睡，一边被宝成逗得“吃吃”地笑个不停。代雨媳妇的笑声，明显有些小，似乎怕打扰了什么人似的。我不知为何，却被这低低的笑声，给吸引了去，然后，无意中瞥见了帘子后面，两个人的双脚，靠得那么近，快要踩在一起了。我忽然间红了脸，脑袋嗡嗡的，不知道该将眼睛朝哪儿看去，看电视吧，动画片已经结束，只剩下字幕；看宝成吧，却好像自己是一个知晓一切秘密却始终不肯告诉任何人的坏人；而那帘子后面呢，像藏着千万根针一样，我是再也不肯去看的了。

我不知道宝成究竟是个好人，还是坏人，我喜欢代雨媳妇的俊俏模样，所以我也不怎么讨厌宝成，尽管他嬉皮笑脸的，可是总归他会讨得女人们喜欢，给她们一些小小的针头线脑的恩惠，而后说一些漂亮话，哄得她们为自己争风吃醋。那时候宝成意气风发，是村子里最富有的男人，所有的男人女人，都将致富的标杆，立在了宝成的身上。好像超越了宝成，自己也获得了某种比如偷情的资格一样。

村南头的玉昆媳妇，在宝成跟代雨的偷情事件还没有烟消云散的时候，便出了事，跟着邻村的一个男人私奔了。这几乎震动了附近的四五个村庄，大家都知道我们村子里出了一个风骚的娘们，这娘们叫玉昆，悄无声息、连点动静也没有，就跟着男人跑了！女人们忽然间觉出代雨媳妇的好来，她们开始主动地靠近代雨媳妇，带着点小心翼翼的表情，向她提及玉昆媳妇不可饶恕的罪行。她们以为代雨媳妇会用玉昆媳妇的私奔事件，来弥补以前的过失，也拼命地跟人一起批判玉昆媳妇，然后无声无息地重新回到村子大多数女人的行列中来。

可是，什么也没有发生。代雨媳妇依然淡淡的，看不出对玉昆媳妇的私奔有多么大的兴趣，她还是骄傲地在街上走着，只不过，怀里多了一个小小的孩子。那孩子揪着她的长发，咿咿呀呀地说着什么。我站在路边上，偷偷地注视着好像被什么光环给罩住了的代雨媳妇，想跟那个小孩子一样，揪一揪她一定有好闻的香味的头发。而代雨媳妇，就在我胡思乱想的时候，忽然间向我走过来，从兜里掏着什么东西。

我吓坏了，想跑，却被她一把拉住，而后，她展开手心，我看到那只柔软的手里，藏着一枚水果糖。我抬头，看到代雨媳妇笑眯眯的。

喏，拿去吃吧。代雨媳妇微笑着说。

我捏过那枚水果糖，脸又一次红了。好像我在跟什么人偷情一样。

丧　事

村里某个老人一去世，邻居家的郑大便开始莫名地兴奋。

郑大是村里红白喜事的司仪，只要有他在，这丧事或者喜事便可以进行得体面而且顺利。但他的脑袋总是歪着，形象有些不好，于是不成文的规定，便是丧事都会找他，喜事则拐弯抹角地将他给忽略掉了。所以郑大便更珍惜这丧事的主角地位，常常主人家还没有请他过去，他自己就巴巴地上了门，以不容置疑又略带商量的口气，对着还没有从悲伤中缓过劲儿来的主人，探讨怎样将丧事办得排场一些、风光一些，让村里人瞧得起。

我一点都不羡慕郑大，但我羡慕郑大的儿女们，他们会在整个丧事的过程中，有吃有喝，就好像地主家的孩子，忽然间在那几日里，都长得肥头大耳起来。小孩子是不懂得大人们的悲伤的。当然，也可能，大人们根本就不悲伤，人死了，如果是无疾而终，那就是一件喜事，会像结婚一样，任由郑大和他的下手们大操大办，让那已经去了阴间的人，明白阳间是多么卖力地为他（她）的轻松离去，做足了文章，挣得了颜面。

小孩子有独属于自己的快乐。在丧事开始的那一天，我会和村里的孩子们一起，爬到墙头上去，或者某一棵能看到院子里全景的大榆树上，再或直接钻到人来人往的院子里，静候丧事的开始。不知是我们人小，不足以引起大人们的注意，还是大人们愿意我们这些小屁孩围观，给丧事增加一点人气，不管我们站在哪里，人家吊唁的堂屋里，还是堂屋外面搭起的棚子里，或者做丧宴的厨房里，大人们都不会赶我们走。有时还会派我们去干一点活计，比如买个针头线脑的小玩意，或者趁机塞我们嘴里一大块肉。肉当然是肥的，流着油，但那时的小孩子没有觉得肥肉太腻的，相反，在宴席开始的时候，那端上来的一大碗肥肉，大多都是小孩子们给分吃了。每一个小孩都吃得油光满面的样子，好像这辈子就吃这么一次肥肉，或者吃完这顿肥肉，就要壮烈牺牲了一样。反正父母都给了份子钱，抢一片肥肉吃，也是理所应当。否则，这样全村人出动参加的节日里，不吃不喝，假装矜持，不被人笑话才怪。即便人不笑话，那个死去的人，也会不悦，好像我们嫌弃了他家的饭菜一样。

当然，我们并不是冲着这一顿饭才来守候一天的。丧事上有的是好吃好喝好玩好看好听的玩意，足够我们玩乐一天，直到天黑丧事结束后才肯回家。光那“守棚人”的各式哭相，就够我们乐一阵子的。没有人前来吊唁的时候，披麻戴孝的主人们就会在棚里聊天，或者假装面容严肃地跪在席子上，回忆逝去家人的音容笑貌，再或彼此商量着这一场丧事的细枝末节，有没有不周到的琐碎地方，是否无意中得罪了某个吊唁的亲戚。他们头抵着头，嘁嘁喳喳地说着，更让我们觉得兴奋与好奇，很想弄明白到底发生了怎样好玩的故事。这样的八卦，村里的女人们更是喜欢。因为这基本上是下一场丧事来临之前，村子里最值得咀嚼回味的谈资。如果错过了哪一节，那跟错过了评书里的某段重要的情节一样，让人遗憾。当然，这种遗憾，很快会在接下来的日子里，被别的女人们给补充完整。

相比起这样的八卦，守棚人的哭声颇有插科打诨的感觉。只要那主事的人在门口大声地一喊，报告某个重要人物的来临，那棚子底下，立马传来整齐划一的哭声。我想如果这是喜事，那哭声一定会换成兴奋的叫好声。左右两排守棚的人里，男男女女都有，大人小孩也都齐全，所以那哭声便听上去很像一首大合唱，凄凄哀哀的，一下子便感染得来客也捂着半张脸，一路哭将上来。那守棚的人里，哭爹的也有，喊娘的也有，甚至还有哭姐姐的，可是，他们明明是死了父亲的。所以我一直百思不得其解，为何爹死了，一定要哭娘？或许是太伤心了吧，已经分不清死去的是谁了，只知道在来吊唁的人面前，表现出十二分的伤痛来哭，以便让来人意识到丧事的重要，和他们内心无法抚平的痛苦。

堂屋里那两个围着纸钱箱子，主打送纸钱给逝者的女人，不会哭得这么夸张。她们的哭，呜呜咽咽的，很是内敛，又带着些真诚与感伤，所以更容易触动来人的内心，进去看见那镜框里的黑白遗像，又被两个女人的哭声一感染，便将大门口就开始的哭声，转换成了让人动容的眼泪。而这相对比较封闭的堂屋里，也成为来者与逝者最好的交流的地方。我喜欢悄无声息地溜进门去，看墙上去世的那个人，以特别庄严的面容，注视着热闹的庭院里儿女们穿梭来往。村里人都说，人的遗像，都是在去世以后拍摄而成的。我便一直好奇，去世的人眼睛怎么会睁开着呢？村里人便回答我说，因为眼皮是被细细的高粱秸给撑开着的。这样的回答，让我觉得更为诡异，再看那墙上放大的遗像，便生出了恐惧，似乎那微笑的眼睛，在暗含深意地看着我，或者，会像老人们说的，能将我的魂魄一起带走。于是我便不敢再继续看了，一低头，退出堂屋，混入快乐的人群里去。

中午的时候，院子里快要站不住脚了。人群都跑到墙头上、麦秸垛上、院墙外的高树上去了。我人小灵活，在人群里钻来钻去，总能逢着好时机，一下子挤到丧事的焦点——吹唢呐的班子旁边去，以最近的距离，观看唢呐班的精彩演出。唢呐班当然是主人家花钱从乡镇上请来的。一个班底有四五个人，其中，总有一个漂亮的女人，类似于时下乐队的主唱角色，那主唱是整场丧事让人瞩目的焦点。男人们喜欢多看几眼这能歌善舞的女人，她的一笑一颦，好像电视里好看的演员，含着娇羞，带着妩媚。男人们站在墙头上，一起叫好，一曲完了，再要一曲，而且无休无止地点播节目。漂亮的女人将那些暧昧的情歌，一首一首地全唱完了，他们还是不肯罢休。不过唢呐班里，总有一个男主唱会站起来怜香惜玉，保护这女主唱的嗓子，让她休息一会，自己接班，来点荤的调剂观众的口味。这唢呐班唱得好不好，跟主人家给的钱多钱少，也有着很重要的关系。如果钱多，他们当然会卖命地弹啊唱啊吹啊，女主唱也会宽容男人们的荤言荤语，或者调戏的眼神。如果钱少，他们就总是找了理由歇上一会，这样的间歇，会让丧事的整个节奏也跟着萧条冷清起来，以至主人家的脸色有些挂不住了，匆忙赶来，中间给点小费，这才让快要熄下去的火焰，又继续旺旺地燃烧起来。

这些活计，当然都是郑大和他的跟班们操劳布置的。他总能从拥挤的人群里，发现那些不和谐的音符，并及时地汇报给主人家，而后再给出最有效的解决办法。所以郑大比任何人都要牛哄哄，嗓门也比平日大了许多。而他的儿子郑小印，在我们小孩子中的威望也跟着提高了一倍。外人不能随便出入的厨房，郑小印完全可以凭借郑大的知名度，嗖一下钻进去，捏一块猪肝出来。于是我们便在门口，流着口水看郑小印趾高气扬的样子，看上片刻，知道那猪肝也到不了自己的嘴里，也便罢了，咽下一口唾液，继续看唢呐班的女人，在接了小费后，喝一口好茶，吃几口点心，又咿咿呀呀地唱了起来。

等着那戏在院子里唱得差不多了，宴席上也只剩了杯盘狼藉，我与其他小孩子渴盼的事情，便是抢花圈了。这一活动大约在下午的三点半以后，有了点滴的苗头。那时跟主人家关系好的小孩子，早就通过大人疏通好了关系，定下了谁扛白马，谁举纸钱箱子，谁拿最大的花圈，谁又第一个“占领”田野里的坟头。之所以如此积极热情，当然是有小费可以拿的，主人家会给每一个扛花圈的孩子发五毛钱作为感谢。五毛钱在那五分钱一个冰棍的年代，几乎可以算得上我们小孩子手里的巨资了。只是因袭下来的传统是，扛花圈的只能是男孩，所以我这样的女孩，就只有眼睁睁看着他们一拥而上争抢的份儿了。不过赶在他们出门的时候，瞅准时机，摘一朵自己喜欢的纸花，也是一件好玩的事。那纸花做得漂亮极了，如果幸运，我常常可以抢到四五个纸花，红的，黄的，蓝的，紫的，拿回家去插在酒瓶子里，可以欢欢喜喜地看上好一阵子。

下午四点，唢呐一阵悲天悯人的响声之后，院子里的人们便开始一窝蜂朝外面走。于是整个村子里就沸腾起来，通往村口的大道上，挤满了男女老少。队伍像一条无限蜿蜒的长龙，首尾皆看不到头。郑大当然是领头羊，风光地走在最前面。他对每一个程序都了如指掌，整个的队伍，就是他手下的千军万马，他想让他们在什么时候停，就在什么时候停；想让主人家的儿女亲戚们啥时候哭，他们就得啥时候号啕大哭。所以郑大的声音几乎有穿透整个村子的魄力和气势，不管那哭丧的队伍有多么悲痛，都能够清晰地捕捉到郑大的指令，在该摔陶罐的地方，绝对不会多行一步，一定是话音刚落，那长子便举起罐来，一次摔个粉碎。摔完了，整个队伍立刻站起来，发出凄惨的哭声，缭绕了整个村庄。

儿女的哭声，也是有讲究的。我总觉得他们事前都排演过如何哭丧，否则，如何会表演得那么动人心扉？那鼻涕流得越长，眼泪溢得越多，将双手拍打得膝盖越响，越发证明自己的孝心比别人更多。女人们更厉害，常常哭得喘不过气来，两三个人架着胳膊，都抬不起她们来，好像她们要长到地上，或者马上哭晕过去了。大人们都啧啧有声，称赞那些哭得动情的子女，我却站在高高的土堆上，一边好奇地观看女人们的夸张表演，一边乐得肚子疼，好像那些女人们的鼻涕眼泪，是专门为取悦我而流的。

唢呐在这时候，是最热情昂扬的。不过我怀疑那是因为他们很快可以拿到薪水，回家去见老婆孩子了，所以才那么卖力地唱啊吹啊，吹得腮帮子鼓鼓的，好像塞着两颗甜蜜的大红枣。那枣含在嘴里，还不舍得咽下去，一定要瞪着眼珠兴奋地炫耀着，让每一个人都知道这场丧事马上就要抵达高潮，并接近尾声了。这时候女主唱的歌声，都是朝悲壮里唱的，要让那哭丧的儿女们，意识到马上就要离开逝去的老人了，所以如果可以，还是将那哭声再掀起一阵高潮吧。看丧事的队伍，摩肩接踵的，有女人们会跟着一起哭，好像自己死了亲人一样。小孩子们也下意识地握紧了妈妈的手，怕被什么人给一起带走了似的。我看着队伍走出了村子，朝村外主人家的田地里行去，忽然觉得有一丝的惆怅，涌上心头。

有些人看得累了，会陆陆续续地回了自己的家，关起门来，指点一番这场丧事的好与坏。我却一定要跟着去看最后的结局，好像不看那包着红布的骨灰盒入到坟墓里去，而后埋上泥土，筑起新坟，就觉得丧事没有结束似的。

最先抵达坟墓的是那一帮举着花圈的男孩们，他们早就将花圈铺满了坟墓周围的麦田。那个事先被挖出的坟墓，并不太深，一个大人跳下去，还能看得到脑袋在地面上诡异地移动。等到骨灰盒被几个人一起徐徐地放下去的时候，唢呐声和哭声忽然间大作，黄昏已经来临，夕阳如血，染红了天空上的大片云彩。稀少的看丧事的人群，让坟墓看上去更加地孤寂和凄凉。

常常在骨灰盒放下的过程中，那些儿女们会触景生情，扑上去拦住，好像那骨灰盒拦下来了，人也能跟着起死复生。一切在郑大们的安排下，当然是有条不紊，不管女人们怎么歇斯底里地哭喊，黄土还是一锨一锨地被铲进了坟墓里，并堆出一个漂亮的坟头来。而那些散落的花圈，也被插在坟头上，被大风一吹，发出稀里哗啦寂寞的响声。

那新坟立在广袤的原野之中，在黄昏里看上去有些孤独。尽管它的周围，有许多这样大大小小的坟墓陪伴着它。那些坟墓下的死者，也大抵是跟这新逝去的老人，有过这样那样的交往，或许，曾经是亲戚也不可知。而今，他们又在地下重逢，像以前在人世一样，唠唠叨叨，说长道短，或者，谈论自己这一场丧事，被儿女们办得是否体面周全。

唢呐声停止之后，人群散去的速度，比田野里的风还要迅速，包括哭丧的儿女们。他们大约要回去处理很多的琐事，包括分摊这一场丧事的费用，或者将买下的成批的做孝衣的白布分给每一家，回去做成棉被的里子，或者纳鞋底的布料。当然，也会将欠下扛花圈的小孩子的五毛钱，一一都还清了。

我总是飞快地跑回村子里去，好像后面有鬼火在亦步亦趋地跟着我一样。晚上睡觉，母亲帮我扇着蒲扇，我总是会问她一些稀奇古怪的问题，比如，那个死去的人真的能喝到瓦罐里的汤水吗？坟墓里的鬼魂会跑回家去看一眼哭肿了眼睛的儿女吗？母亲总是用蒲扇拍打一下我的屁股，不耐烦地呵斥道：

睡觉！

夜晚的村子，静谧的好像什么也没有发生过。白日丧事的喧嚣，被虫子的叫声给清洗过后，越发地淡了。我忍着被母亲拍打的疼痛，乖乖地闭上眼睛，很快就睡过去了。

骂　街

村里女人们都是骂街的高手，这一点好像无师自通。但凡嫁到了我们村，就能绕着村子骂上两圈半，而且那骂词都不带重样的，总能有那么几句，让藏在家里挨骂的那个人听了面红耳赤，心里有一万匹愤怒的马驰骋而过。但再怎么气急败坏也没有办法，无论如何，都不能跑出去，将偷着宰杀的鸡吐出来，还给那骂街的女人，所以还是让骂街的继续唱歌一样骂给全村人听，直到她嗓子哑了，回家休息一晚，择日再战。

我怀疑女人们都学过表演或者心理学，否则，不会将那小偷的心理揣摩得那么恰如其分，会让小偷好长一段时间都不敢出门，只憋屈在自己家里，等着风平浪静了，再跟个蜗牛似的，瑟瑟缩缩地探出脑袋来，透一口气。男人们当然不会干这样“缺德”的事，他们只负责待在家里，坐等被偷走的鸡鸭牛羊自己跑上门来；这类出风头的事，他们宁愿让给女人们去做。女人们也不含糊，个个都能担当起这样的重任，从家门口开始骂起，沿着村里的大道，一路骂下去，声音时而感伤，时而激亢，时而愤怒，时而劝诫，而且会在那重点怀疑的某户人家门口多待上一阵，朝着那家人的后窗，就无休无止地喷起了唾沫星子，直骂到觉得那人在唾液里快淹死了，才收了兵马，打道回府。

事实上那骂街的女人自己，也常常会被人骂。村里人都喜欢守着自己的鸡鸭不吃，专盯着别人家的。譬如一到捉蟋蟀的八月时节，一夜在人家玉米地里候着等那好蟋蟀的男人，假若一无所获，总会在天亮之前，恶狠狠地掰几个人家地里的玉米，或者撸一提包毛豆，挖一大袋花生，回家给老婆交差。那做老婆的，不至于看到男人一分没有挣到而觉得气恼，翻翻提包，将那采摘来的玉米、花生锅里煮了，吃完睡上一会，也就原谅了自家分文未挣的没本事男人。

不过等到男人醒来的时候，从农田里干活回来的被偷了玉米、花生的人家，就会有女主人沿街叫骂开来。骂哪个屙血坏良心的捉蛐蛐踩坏了他们家玉米，还偷了一包玉米棒，也不怕嘴唇烂了祖宗八辈招阎王小鬼下油锅！要是你自己到家里来赔钱，老娘我就饶了你们全家，否则非得扒了你们的皮吃了你们的肉！有了孩子不得好死！生孩子没屁眼！女人一路骂过去，估摸着这事全村的人都能够听到了，傍晚出门乘凉的时候，会议论起究竟哪个王八蛋干了这缺德的事，便住了口，回家喝一大杯水，继续吃喝拉撒的琐碎生活。

倒是那个一夜没睡觉又被老婆抱怨分文未挣的男人，醒来摸着吃了玉米棒的肚子，打了个饱嗝，边听骂街的女人高一声低一声地换着花样骂他，边朝院子里忙活喂猪的媳妇嘟囔道：这女人嗓门可真是高，想把天给震下来吗？媳妇头也不回丢过来一句：睡你的觉去，钱没挣一分，屁事管的不少！男人被媳妇这么一骂，有些气，大着胆子反驳道：一夜没挣钱的多了，不光我一个，今天晚上捉个卖钱的蛐蛐，饭也不在家里吃，直接下饭店！媳妇这回将喂猪勺子朝地上一扔，吼道：吃你个王八蛋的饭店！老娘伺候你一天累了，喂猪去！男人终于不敢再接下去，乖乖地捡起勺子，“唠唠唠”地唤开了那似乎比他更幸福一些的猪来吃食。

我家左邻胖婶家爱养鸡，一养总是一大院子，鸡蛋留着赶集卖掉换针头线脑，鸡当然更舍不得吃，除了逢年过节心疼地宰杀一只尝尝鲜，基本上都等着肥了卖掉。怕有人偷鸡，胖嫂总是用“洋红”给染了头顶或者翅膀，跟我们家和右邻二蛋家

我吓坏了，想跑，却被她一把拉住，

而后，她展开手心，我看到那只柔软的手里，藏着一枚水果糖。

我抬头，看到女人笑眯眯的。

的鸡们区别开来。胖婶人精明，谁都不服，因为胖，一笑，小眼便在脸上找不到了，所以一般人不知道她心里在想什么，她却能从细细的眼缝里，窥到外人的坏心眼。胖婶疑心还很重，天井里的东西有时明明是她自己放错了位置，她忘了，非得跑到大街上骂上一圈，再回来翻箱倒柜地找。她人胖，有的是力气骂人，从村子东头骂到西头，快骂到同一个大队的隔壁村里去了，也不见瘦上一斤；回来饿了，狂扒拉上一海碗面条，反而又胖了一斤。

胖婶连着生了两个闺女后，又怀了一个，大家看着她那尖尖的肚子，都说，这回肯定是个“带把儿”的小子。胖婶得意地在村子里挺着大肚子显摆了没有多久，就引起了妇女主任的注意，恰好那时计划生育开始轰轰烈烈地铺排开来，为了让自家小子顺利诞生，而不是被拉去流产，扔到医院的垃圾桶里，胖婶与瘦叔在一个风高月黑之夜，收拾了一些细软，投奔远方的某个亲戚去了。至于那亲戚家居何方，叫什么名字，就连胖婶的婆婆也不知道。当然，很有可能，胖婶盼孙心切的婆婆守口如瓶，不肯告知。反正那个年代乡下没有电话，妇女主任也不会插上翅膀，像孙悟空一样翻个筋斗，从空中俯视胖婶与瘦叔的行程轨迹，所以也只能由着胖婶怀着心头肉躲在这世界的某个角落里，惴惴不安地等待着一朝分娩的那一天。

因此胖婶家的院子里，自此便荒芜下去。胖婶养得了孩子，却管不了她的鸡了。她的婆婆隔三差五地过来看一眼孤独的鸡们，喂一把饲料，清点一下数目，也就关门走了。那门早已被村支书带领着一帮计划生育委员会的人给踹坏了。因为知道胖婶肯定是要超生的，那么也只能罚款了事。胖婶躲起来不见人，就无法征收罚款，最快的办法，便是将胖婶家值钱的物件，拉上几个，权当是抵押金。不过胖婶家的鸡们，倒是幸免于难，未被捉去当“人质”。它们照例在院子里跑跑跳跳，东奔西走，泥土里刨着食吃。这样放养出来的鸡们，反而个个活泼可爱，健壮结实，每个看到的人，都会啧啧有声，夸赞一番胖婶有肉，她家的鸡果然也长得肥硕。

说者无心，听者有意。右边邻居家的二蛋媳妇，再看到那些平日被忽略掉的鸡们，便眼睛发亮起来。于是自此她有事没事便到院墙旁边，假装遛弯，抬脚张望一眼胖婶家院子里奔跑的鸡们。我每天放学看到二蛋媳妇，会习惯性道一声婶子好，之前她都会回一句：放学了啊妮子。但那一段时间，她却进入了一种忘我的境界，常常我喊她两声，她都听不见，只隔墙看着胖婶家院子里欢快的鸡们，好像她喜欢上了那些鸡，想变成其中的一只，跟它们一起嬉戏，再闻闻它们身上的味道一样。

我将二蛋媳妇的这些奇怪举止告诉母亲，母亲呵斥我：不准胡说！记住，谁也不准告诉！就当没有看见！我有些不明白，明明看见的事情，母亲为何让我说没有看见呢？难道二蛋媳妇是个女鬼不成？搞不明白母亲的意图，我也懒得多问，只将这一发现告诉了一起上学的伙伴二芹。二芹继承了她老妈的精明劲，一下子将二蛋媳妇的意图揭穿：她肯定是看上了人家院子里的鸡，想要杀几只尝尝！这一句终于将我从梦中点醒了。

只是不等我想要继续将侦探当下去，胖婶的婆婆便开始了她漫长的骂街之旅。当晚胖婶的婆婆绕着村子先骂了一圈，以便让每一个人都知道她儿子家的鸡被人偷吃了，至于是哪个王八蛋给下的黑手，躲在自家院子里舔着油嘴的女人自会知道。胖婶婆婆这当然是先制造声势，让那股子舆论的气势，将吃鸡的女人给灭掉，至少，让偷鸡的不再敢打鸡的主意，或者，收敛上一阵。村子里果然议论纷纷，说不知哪个坏良心的女人给办了这样缺德的事，人家胖婶全家躲出去避难了，她倒好，乘人之危，下了黑手。这样的女人啊，呸！简直不配在我们村子里做村民！

在胖婶婆婆围着全村骂街的时候，母亲也只是朝一墙之隔的二蛋媳妇家意味深长地看了一眼，但什么也没说，便继续忙碌家务去了。反正那鸡不是我们家偷吃的，人也便坦坦荡荡，不怕鬼神。只是，忽然有一天，胖婶婆婆将范围缩小了，似乎，她已经通过一些人，排查掉了无关人员，将重点放在了我们家和二蛋媳妇家所在的这一条胡同里。也就是说，我们家和二蛋媳妇家成了重点怀疑对象，用法律术语说，就是两个嫌犯！

这一重大转折，非同小可。母亲再也坐不住了，打算将二蛋媳妇给捅出去！父亲立马阻止，让母亲不要多管闲事，反正鸡不是我们家偷的，且安生过自已日子得了，何必插上一脚，反而让人怀疑我们是此地无银三百两呢？父亲念过高中，说话文绉绉的，母亲大字不识一个，听不懂那此地无银三百两是啥意思。她一急，就朝父亲吼开了：什么银子啊，还三百两！要有三百两，我还在这里跟你受洋罪啊！父亲无故被母亲喷了一脸唾液，也气愤，吼道：有种你上大街上急去啊，我看人家不将你认成偷鸡贼才怪！倒叫人家真的贼听了高兴！

这一句，倒是提醒了母亲，让母亲瞬间做出了决定，要上街头帮着胖婶婆婆一起骂街！这一决定一旦做下，母亲反而不着急了，她吃了一顿饱饭，又将自己梳洗打扮一番，朝头发上抹了点水，然后出了门。我跟屁虫一样，紧跟在母亲屁股后面，到了胖婶的婆婆家。还没进门，胖婶婆婆就拿眼瞟了一下我和母亲，好像看两个偷鸡贼一样，充满了警惕与冷淡。母亲抹抹被风吹乱的头发，笑道：他大娘，这几天你骂那偷鸡贼挺辛苦的，以后啊，我帮你一起骂，直到那个该死的偷鸡贼自己到家里来道歉认错，或者将她那张嘴给缝上，以后再也不敢打你儿子家鸡们的主意！

胖婶婆婆先是吓了一跳，很认真地看了看母亲，见她不像是开玩笑的样子，这才有了一丝缓和的笑容：谢谢你的好意呢，不过左邻右舍的，这样多不好，我一个人骂街就行了，想那偷鸡的被骂上几天，肯定不会再偷了。母亲附和道：可不是，我想这几天你的叫骂，其实已经让那个偷鸡的露出了马脚，别人看不见，我啊……

母亲卖了个关子，没有说下去。胖婶婆婆果然将母亲拉进了堂屋里，商量什么国家机密似的，压低了嗓门问母亲：丽她娘，你真的瞧见那个偷鸡的了？母亲自信满满地挤出一声冷笑：一个胡同里，抬头不见低头见的，还用我专门看？胖婶婆婆会意地点了点头，算是听明白了母亲的意思。胡同里只有三户人家，除了我们家和胖婶家，就是二蛋家了。那么毫无疑问，偷鸡贼就是二蛋媳妇。当然，一起宰杀鸡吃的二蛋，也脱不了共犯的干系。

母亲从胖婶婆婆家走出来的时候，腰杆挺得笔直笔直的，我也仿佛被母亲这自信的光芒给罩着，瞬间有了精神。出门后有人碰见，狐疑地看了一眼母亲，但母亲理也不理，拉着我的手，大步流星地走开了。

当晚胖婶婆婆再开骂，母亲没去帮腔，因为胖婶婆婆骂街的方向，这次转换了位置，直接冲着二蛋家开了火。而且叫骂中几乎明白无误地提醒全村的人，那个瘦的芦柴棒似的偷鸡贼，脸上长了“鸡屎雀子”（雀斑）的女人，走路外八字的干瘪媳妇，就是二蛋媳妇！胖婶婆婆的骂辞颇为犀利，从二蛋这个偷鸡摸狗拔蒜苗的惯犯，到二蛋媳妇鸡架一样没油水的长相，再到孕育两三年也没个种生出来的倒霉相，再到即便是生下来也没屁眼的未来孩子，总之，二蛋整个家族都快被胖婶婆婆指桑骂槐地骂了个遍。

胖婶婆婆一连骂了一个星期，以至于二蛋和二蛋媳妇一个星期不敢出门。终于有一天，胖婶婆婆累得嗓子发了炎，骂不动了，全村的人也都听腻歪了老太太那刺耳的尖嗓门，纷纷在背后说，这老太婆啥时候歇战，让村里消停消停，安静几天？这样的风言风语，当然很快会被多事的女人，风一样吹进胖婶婆婆的耳朵里。又恰好，另外一个女人家的狗被人偷走了，于是那傍晚七八点钟的黄金档骂街时间，就被那个女人占用了。而二蛋和二蛋媳妇，也蜗牛一样，怯生生地探出头来，见村子里的人被更新鲜的事情吸引了去，并无太多人注意到他们，也便放心大胆地自此出了门，重新参与到全村的舆论圈子里来。

只不过，二蛋媳妇自此跟母亲交了恶，常常听见二蛋媳妇在某个黄昏，忽然骂出一嗓子：我看你就是闲吃萝卜淡操心！母亲每每听到了，都朝着墙哼一声：偷吃人家的鸡，也没堵住你那张臭嘴！父亲则白母亲一眼：我看你还真是操心操多了！

这些话，当然都是压低了嗓门说的，因为我们的左邻——胖嫂和瘦叔，已经带着他们的胖小子，从远方亲戚家回来了。我听着他们院子里震天响的小孩子的哭声，父亲母亲压低嗓门的吵架声，二蛋和二蛋媳妇摔碗砸盘的声音，觉得乡村的夜晚真是热闹极了。

我在这样热闹的夜晚，会顺着竹梯爬到平房上去，一边驱赶着蚊子，一边抬头看慢慢暗下来的天空。月亮早已经升起来了，稀疏的星星们眨巴着眼睛，注视着缭绕着烟火味道的整个村庄。梧桐树硕大的叶子密密地铺排开来，挡住了我看向天空的视线。我索性闭上眼睛，在一点点沉下去的夜色中，倾听整个世界的声音。

我就在那样的时刻，开始想念被二蛋媳妇偷吃掉的那只肥硕的芦花鸡。想它如果还健在人世，一定晋级为鸡们的领导了吧？或许，它还能每天打响亮的鸣，叫我起床，也能代替而今总是飞我白眼的二蛋媳妇，放学时跟我打一声招呼。这样想着，忽然有一些感伤，慢慢浮起在浓郁的夜色之中。

分　家

家族里最小的三叔也快结婚了，二婶子便挑拨着母亲跟爷爷奶奶闹开了，三个儿子也都黑着脸不发一言。吃饭的时候，一大家子各自端碗到院子里，鸡一样守着个角落闷头啄食。原本还能凑合到一起做事的三个兄弟，忽然间散了架似的，合拢不起来。两个媳妇每日在家里叽叽咕咕的，跟奶奶横眉冷对；出去在大街上跟人唠嗑，张口闭口就是“老不死的”，爷爷奶奶终于不再装糊涂，一声令下：分家！

三叔尚未结婚，当然跟着爷爷奶奶过。两处老宅子，一处尚未建房的新地基，由三个儿子抓阄，抓着哪处算哪处，不准反悔挑剔。老宅子是前后院，虽然都是现成的房子，但住在一起容易生事端，反而不如新房子僻静。但盖新房子又要花钱，不精打细算，难以建一个像样的家。总之呢，各有利弊，分着哪个，听天由命。

抓阄的那天，母亲早早地就督促父亲起来，又给他端来洗脸水，让他将胡子刮净，把自己收拾利索，算是讨个吉利。我闲着无聊，便起来坐在院子里看天。夏天还没有过去，一切都在知了的歌唱声中。那歌声在早晨听来还算比较悦耳，不似正午，催人命一样一声声招人烦。我抬头看着梧桐树干上一只正叫得欢的黑色知了，想它天天“知了知了——”地叫着，到底知道些什么呢？它既不是算卦的，也不是香台上供养的关公财神送子观音之类的各路神佛，怎么就牛哄哄地天天吹嘘着自己“知了”一切呢？但我还是怀着侥幸心理，拿了网粘子，轻而易举地就将那个自负的家伙捕住了，而后捏着它的翅膀，看它扑啦啦地飞着。我问它：告诉我，我家会分到哪儿？前院，后院，还是新房子？知了并不搭理我，奋力地挣扎着，试图逃脱我的魔掌。我生了气，将它丢到罐头瓶子里，又盖上盖。它爬了一会发现徒劳无功之后，终于老实了，气喘吁吁地待在瓶底，一声不吭。

我终于对这无用的知了失去了兴趣，便打开盖子，放飞了它。它飞到树干上重整了下旗鼓，还是有些怕，想想，就吱一声隐入了蓝天里。天空在梧桐树阔大的叶子上，格外的蓝。我一个人坐着坐着，像无聊的老太太一样，有些困了。就在我眯眼在阳光里快要睡去的时候，粗重的木门忽然吱呀一声开了，先踏进来的，是一条用灰布裹着的长腿，那脚上穿了一双老头鞋，我一眼就看出来，那是一个老和尚的脚！我吓坏了，知道家里来了化缘的老和尚，赶紧溜进了堂屋里，但又在那越来越近的脚步声中，觉得堂屋也不安全，于是一拐，进了旁边的卧室，并猫一样躲到一大摞悬挂着的煎饼底下去。

那老和尚挎着化缘用的大口袋，径直进了堂屋，并在房间里张望了一下，而后坐在了太师椅上。他一连问了几声“有人吗”，我屏气凝神，一声也不敢吭，怕被那老和尚听见了，将我一同给化了去。头顶上的煎饼架不知为何，吱呀响了一下，似乎有老鼠嗖一声穿过。而那老和尚，也随之咳嗽了几声。我想他一定是看到我了，穿过厚厚的卧室的墙壁，他神秘的胳膊会一把伸过来，将我掳了去。而此刻，父母也一定在紧张地抓阄中。只是，怕他们终于如愿以偿地抓到了希望中的宅基地，我却再不能跟他们一起过好日子。

我紧张得心快要跳出来了，我听见老和尚在椅子上咯吱咯吱地吃着什么。我忽然想起来，八仙桌上有个大桃子，是母亲放在那里，准备分了房子后，感谢上天诸神保佑的。这么说，那老和尚将我们家的好运都给吃掉了。这样一想，我恨不能鼓足勇气，冲出去将那老和尚给撂倒在地，而后大声喊叫，让后院的父母和爷爷奶奶听到，将老和尚扫地出门。可是我心里这样想着，双腿却完全走不动路。而且，我快要尿裤子了。想到一会父母回来，看到我尿湿了裤子的窘迫样子，一定会大骂我一顿，假若父母今天运气不好，抓阄不吉，满腔的怒气，一定全部怪罪在我的头上。而那个被老和尚偷吃的大桃子，人人都会认定是我吃掉的！

有那么一刻，我真想让自己被老和尚掳走算了，这样我就不用天天看着一大家子男人女人吵架，不用在吃饭的时候小心翼翼，却被母亲骂没出息，怎么就不能像二叔家的儿子们那样，呼噜呼噜地吃完第一碗，而后抢在大锅见底之前，吃第二碗呢？也不用因为是女孩子而看奶奶的脸色，且不管我怎样乖巧，也没法让每一个人都喜欢我。而奶奶藏在自己房间里的好吃的东西，我更是永远也别想尝到。它们是奶奶给二叔家的儿子们吃的。尽管，二婶子见到奶奶，就有想大骂她的冲动。

不知究竟过了多长时间，感觉好像有一个世纪那么漫长，老和尚没有等到人来，又吃饱了桃子，终于打着嗝，腆着肚子出了门。我大汗淋漓地从煎饼架下爬出来，感觉裤子湿漉漉的，一阵羞耻瞬间爬上我的心头。我迅速地脱掉了裤子，而后翻箱倒柜地找了一件干净的衣服穿上，又将湿的裤子窝藏在席子底下，这才长吁口气，走出了门。

而父母也在那一刻，跨进了院子。母亲一个箭步冲过来，我下意识地想要朝后躲藏，却无处可躲。我被母亲兴奋地抱了起来，听见她在我的耳边压低了声音喊道：我们要有新房子了！

自从知道自己家即将住上新的房子之后，我便和二婶子家的两个儿子划清了界限。尽管他们已经搬到后院去了，跟爷爷奶奶不再时刻碰面，但他们依然仗着自己是家族里的男孩，大摇大摆地跨过门槛来找奶奶讨吃的。见我在，又阴阳怪气地问：你怎么还不搬到你们家新房子里去呢？我不搭理他们，扭头进屋，奶奶便在背后朝我厉声呵斥：女孩子怎么这么没教养?！我本来想躲进卧室里去，可是听奶奶这样一吼，我立刻扭头，朝外面走去。我想我要像姐姐那样，去帮父母盖房子，哪怕搬一块砖瓦，站着给父母鼓劲助威，也比在这里听奶奶训斥得好。

我飞快地朝我们的新家跑去。一路上我的心快跳出来了，我想我们的房子一定是村子里最漂亮的，我有一个属于自己的房间，姐姐也有。我和姐姐再也不用因为挤在一个床上打架，而被父母训斥甚至甩巴掌了，更不用因此被二婶和她家的儿子们看热闹，或者冷嘲热讽了。我想象中的房子，还有明亮的玻璃窗户，而不是木格子纸糊的灰暗的小洞。窗户上一定贴着一团喜气的剪纸，那剪纸有神气的梅花鹿，粉嘟嘟的娃娃，葱葱郁郁的森林，吹笛子的牧童，还有送子观音，专程给我们家送一个男孩来，打击二婶子家的嚣张气焰。对了，我们家的院子要比奶奶家和二婶家的大一倍，院子里我要养二三十只小鸡仔，给他们全都抹上洋红，等它们能下蛋了，我天天守在鸡窝门口，拿鸡蛋去换红的绿的花头绳。毫无疑问，我们家房子会有个阔气的大铁门，门上有我用粉笔写着一行大大的字：禁止二婶家儿子进入！

很快，我到了位于村子最北边的新宅基地，我以为会见到一派热火朝天的忙碌景象，看到父母招呼着来帮忙干活的众人喝茶的热闹，可是，宅基地上空荡荡的，连个人影也没有。只有挖出的一些新鲜的泥土，显示着地基刚刚刨过。我有些害怕，不知道父母和姐姐都去了哪里，我一路喊着爹娘，朝更北的方向跑去。最后，我在村口的大池塘边上，见到了对面正在拉红砖的父母和姐姐。我兴奋极了，隔着池塘就朝他们大喊大叫。姐姐先注意到了我，她跳起来朝我用力地挥手。我看到她手里拿着一个新鲜的玩意，等到跑近了，我终于看清了那是一把我们梦寐以求的口琴！

口琴是父亲去买水泥的时候，从镇上大商店里捎回来的。那上面写着毛主席的话：自己动手，丰衣足食。我觉得这话是他老人家专门说给我们家听的，让我和父母、姐姐自己动手建造一个房子，我们住在宽敞的大房子里，关起门来，过着别人无法干涉的幸福生活。口琴的另一面，刻着气贯长虹的长江大桥。我放到嘴边，吹出一些断断续续的动听的音符。那些音符像是一只只鸽子，扑啦啦飞上了天空，而后消失在远远的苹果林里。正在搬砖的父亲，停下手里的活计，在褂子上擦擦双手，又很细心地将我落在上面的唾液拭掉，而后坐在一摞红砖上，吹出一首他常常哼唱的《花儿为什么这样红》。我和姐姐坐在父亲身边，托着腮安静听着，就连干活心切的母亲，也暂时停下手里的活，微笑着跟我们一起分享这难得的没有外人打扰的美好时光。我好像看到前面的路，都铺满了父亲曲子里哼唱的红得好像燃烧的火一样的花朵，而我们一家人，就在花丛里开心地起舞、歌唱。

我在回来的路上，问母亲：娘，我们家的房子啥时候会盖好呢？母亲很用力地推着装满一车红砖的地排车，朝前面拉车的父亲喊：闺女问你这当家的呢！父亲头也不回地高声回我：明年开春就能住进去啦！我掰着手指头算，从夏天到春天还有七八个月呢，这么漫长的时间，我还要忍受二婶家儿子多少的白眼啊？我真恨自己没有孙悟空的本事，能让一栋房子瞬间就拔地而起。我又问母亲：娘，为什么房子不能快一些盖好啊？母亲这次累得没有力气好好回答我的问题，她呼哧呼哧地训我道：废话怎么那么多呢你?!

接下来的时间里，我再也没有机会问父母废话了。他们两个每天天不亮就起床去盖房子，当然还得求人一起去帮忙。二叔帮了几天，就被二婶子给呵斥着回了家，因为二婶子说，他们家也有很重要的事情要做呢。母亲一咬牙，背后愤愤骂道：哼，等着瞧吧，不花你们家一点力气，我们照样把房子盖得漂漂亮亮的！父亲没工夫生自己弟弟的气，他要每天招呼着一群大老爷们以最快的速度建造房子。我也懒得搭理二婶一家了，跑过去看打夯。

打夯像一个重要的仪式，意味着只有打好了地基，此后的生活才能扎实牢固，永远不倒。握着石头桩的男人，通常都是村里颇有威望的泥瓦匠，能够掌控整个房屋建设的速度和质量。村里打夯时领唱的男人，外号歪脖子，我怀疑他是某次给人家盖房子打夯时，被飞起的碌碡给恰好砸歪了脖子。不过尽管脖子是歪的，腰是驼的，歪脖子的嗓子却是洪钟一样，底气也足得让我们家觉得没有白白请他享用好烟好酒。歪脖子大概是天生的歌唱家和诗人，他总能将眼前见到的一切，立刻编排进唱词里去。他还随口笑话某个路过的大胖女人，唱她“路过的胖女人啊，你别咧嘴笑啊，一笑天地动啊，打夯站不稳啊”，而其他男人们也用一浪高过一浪的“哎嘿呦哇”，附和歪脖子的精彩表演。周围的人聚得越来越多，大家都哈哈笑着，好像看耍把戏的。而那个被编排了的胖女人，并不生气，她和大家一样笑得没了眼睛。不过临到走的时候，她一定指着歪脖子和那群光着脊梁打夯的男人们笑骂道：你们哪，别在这里太得意，小心出一身臭汗，回家媳妇不让上床睡觉！有嘴快的男人，笑嘻嘻在人群里喊：不让上床，就找你去啊！这一句，又引得大家一阵哄堂大笑。

打夯的男人里，一定会有个使劲小的，想着一群人不差他那一个，于是就在某个时刻偷偷懒，一手拽着绳子，那力气却全聚集在身上，始终蓄而不发。不过这一点也逃不过歪脖子鹰一样的犀利双眼，他从绳子拉伸的松紧度和高度上，就能准确判断出究竟是谁偷了懒，于是他就大声地毫不留情地唱出来了：东边的二狗子呀，你可别偷懒呀，偷懒没媳妇呀，光棍不好打呀！这次那附和着的“哎嘿呦哇”更响亮了，似乎整个村子里的人都能听到。叫二狗子的果然不好意思起来，一弯腰，甩出了全身的力气，一心一意打起夯来。

夯打完之后，盖房子的速度，就比我想象得更快起来。每天我穿梭在满院子的男人女人们之间，觉得自己像一个地主婆一样富足。我想象着明年春天我要在哪儿种花，哪儿植下一株桃树，哪儿养一只小兔子，哪儿拴一头小猪。我猜母亲比我更迫切，她要沿着墙根种一排丝瓜或者吊瓜，那吊瓜一定会长得比我还要长，让我们全家一整个冬天也吃不完。丝瓜细细长长的秧会越过墙头，爬到院子外的梧桐树上去，而后在树顶上盘起来，等着秋天到了，坠下一个又一个丝瓜来。那被母亲忘了采摘的丝瓜就老掉了，风吹日晒，初冬的时候，便露出干枯的丝瓜络来。母亲这时候终于将它们想起，用钩子采下来，洗干净了，烧水时放在水壶里，用来吸附水垢。于是我们喝的茶水里，又多了一抹丝瓜淡淡的清香。

第二年春天，我的这些梦想，像被大雪覆盖了一个冬天的麦子，奇迹般地在春风里生长起来。将爷爷奶奶家那些零碎的家什搬到地排车上，拉着前往新家的时候，我忍不住对二婶家的两个儿子，绽出得意的笑。母亲将我抱到盛满了桌子椅子被子褥子的高高的地排车上，我俯视着曾经居住过的老旧的前院，还有从来都不喜欢踏入的后院，那院子里传出二婶家两个儿子围着奶奶要零食吃的喊叫声；知了干枯的壳，跨越了一整个冬天，依然在梧桐树干上挂着；而我的关于新家的梦想，此刻，却如一只被赋予了生命的知了，“嗖”一声离开高高的树干，飞上了蓝天。

我将父亲的口琴放在唇边，吹出一些不成调子却满是欣悦的音符来。我就这样坐在车上，看着前面拉车的父亲，像一头结实的黄牛，拉着我和姐姐、母亲，走向春天里属于我们自己的房子。

打　工

秋收一结束，村子里便只剩了老弱病残。那些健壮的男人们，能说会道、见过世面的小媳妇们，心灵手巧的女孩子们，想要学个手艺挣钱娶媳妇的男孩子们，全都扛了蛇皮袋装着的简单行李，涌到城市里去打工挣钱。等到人都离开了，沿着村子里的大道走上一圈，会觉得空荡荡的，连狗似乎都只剩了皮毛黯淡的老狗，趴在地上，有气无力地看一眼路人，很没意思地叫上几声，便没了声息。

邻居家胖婶的女儿艳玲，比我还小一岁，去过的地方却比我都多，当然，在母亲的口中，她已是能为家里分担烦恼的“女劳力”了。而我，还在读初中，很没出息地连饭钱都要向母亲讨要。艳玲已经过继给大爷家养着的亲生妹妹焕梅，更是生猛泼辣，那一年她也就十四岁吧，见到开卡车来村子里挑选女工的老板，她围着人家说了一大堆的好话，就差一点给跪下了，但还是无济于事。等到那老板已经将车发动起来了，那焕梅一个箭步冲上去，拉住卡车的后车厢，挂在上面，再不下来。老板从后视镜看到焕梅一脸想要出去闯荡世界的执着劲，终于心一软，将焕梅给收留下来。当然，自此之后，能够挣钱的焕梅，又被胖婶费尽心机从艳玲大爷家里给讨要了回来。

我那时候和母亲一样羡慕艳玲与焕梅姐妹，想着她们在我从未去过的城市里，一定活得开心极了，不像母亲一辈子都没怎么出过远门，去城里赶一趟集，都喜气洋洋的，好像出了国一样，而且母亲一定会打扮得漂漂亮亮的，也不知道是给谁看。所以我们想象中的艳玲与焕梅，会在下班后，在城市里逛逛街，下下馆子，看看电影，喝喝酒什么的。外面的世界是什么样子的呢？我始终想象不出来，也就只能凭借着打工回来的村人们的描述，朝那枝干上添加鲜绿饱满的色彩。

我因此恨自己长得太慢，或者抱怨自己究竟何时能够将书都给读完，通过高考飞出去看一看呢？而母亲也常常朝我叹息：你什么时候才能够给你爹妈挣一大把钱回来啊？我总是带着浓浓的醋意安慰母亲：艳玲和焕梅挣钱也就一时，等她们出嫁了，看还怎么给家里寄钱花。我考上了大学，就可以一辈子给你钱花呢！母亲白我一眼：说的比唱的好听，谁知道你考上了大学，又飞到哪儿去了呢！

是的，打工和考学是整个村子里的人们飞到外面世界去的非常重要的通道。而在很多村里人看来，读书的付出，无疑太过漫长，漫长得好像没有边沿一样，而且，能不能在十年苦读后见到回报，也是一件不一定的事，所以他们更愿意选择可以立竿见影的打工的方式，将孩子们早早地就送出去，而后在半年或者一年后，去银行里将折子一划，便可以收到一笔丰厚的儿女寄来的收入。

母亲养我们三个孩子没用，又怕姐姐跑太远打工心变野了，将来找个婆家人家都不要，所以她也只能委派父亲外出打工，挣一些零花钱。

父亲第一次跑出去打工，是被村里代雨给忽悠去的。代雨去山西挖煤，回来大讲那边怎么能挣钱发财，父亲在一旁闲听着，不知不觉就被吹得天花乱坠的代雨给打动了心思，想着去赌上一次，发一笔财，而后回来做一些小生意，发家致富。在代雨的嘴里，山西遍地不是乌黑的煤，而是耀眼诱人的金子。只要一脚踏上去，想不沾点金子出来都难。而且挖煤还毫不费力，全是机械，人坐在干净的矿车里，按一下开关，就平稳地下到了矿底，而后吊车一启动，煤就全进了筐，人呢，好像就负责看着，装满了往外运输。那现代化的挖煤方式，让父亲觉得像共产主义一样，溢满了希望与光芒。

父亲怀揣着一股子理想主义的激情，跟代雨上了路。临行前母亲蒸了一大锅馒头，让父亲带上。父亲就带了几个，然后信心满满地说，等我回来，咱们天天吃面包。我努力地咽了一下口水，想着课本里见到的面包的样子，真希望明天一觉醒来，父亲就带了一大书包面包，笑眯眯地站在我的面前。

从此我几乎每天都站在巷子口，张望一下父亲来时的那条路。那条泥路的尽头，是一条通往外面世界的公路。代雨和像代雨一样外出打工的男人们，就是从这条公路上消失掉，而后将钱寄回家的，那么父亲肯定也会从这条路上带着面包回来的。那时候我会昂首挺胸地在小伙伴面前炫耀面包的滋味，还装作无意地将父亲可能送给我的新文具，带在身上，让小伙伴们看到了，发出一声让我心满意足的赞叹。

我还时不时地在小伙伴面前，朝人炫耀，炫耀父亲出去打工，很快就要回来了，打工的山西，遍地都是黄金，父亲只是随便去捡拾一些金子回来的。母亲也跟我一样，掩饰不住内心的喜悦，遇到有同去打工的，会变相地夸父亲一句：我们家那口子，也出去了，年底回来，也不知会累瘦了没。别人听了，就笑嘻嘻地让母亲的虚荣心膨胀一下：哪会瘦了呢！都说山西挖煤的，有钱得很，在外面吃好喝好，肯定变胖了吧。母亲听了心里喜滋滋的，好像真的见了变胖了的父亲一样，轻飘飘地回家做饭去了。

父亲在我和母亲这样朝人夸耀了半年之后，终于回来了。他回来的那天，毫无征兆，我和母亲吃完了晚饭，乘凉到星星稀了，便要关了灯打算睡觉。刚刚插上门，就听见有人在敲铁门。那声音有些不太自信，很低，但非常持久，一下一下地，敲得让人有些心慌。母亲一下子从床上站起来，朝窗外看了看，当然什么也看不见。我给母亲壮胆，说：娘，我拿手电筒，跟你一块去。我没敢说去看贼，尽管我心里其实怕得要死。母亲大概也怕吧，否则不会点点头，示意我跟在后面。

离门口还有几米远的时候，母亲用明显发颤的声音壮胆问道：谁?！门外停了片刻才小声回复道：我。母亲有些犹豫是不是父亲，但还是走过去，从门缝里看了一眼外面的人。等到母亲打开门后，看到父亲站在面前，还是不太能确定那个蓬头垢面、胡子拉碴的男人，就是父亲，是我喊了一声“爹”之后，母亲才忽然哭了出来：你怎么混成这样了?！父亲没吭声，将门锁上，提着去的时候那个黑色的破书包，灰溜溜地进了家门。

母亲给父亲打来一盆水，让他洗漱。父亲好一番刷牙洗脸刮胡子，又将脏衣服给脱了，找出干净衣服换上后，才不耐烦地对一旁唠唠叨叨的母亲丢一句：睡吧，我累了，明天再说。

我和母亲一心一意期待着的见面，当然不是这样的，在我们的想象中，父亲是荣归故里，而不是像现在这样破衣烂衫地走进家门。他还会用尼龙袋装满我叫不出名来的水果，给我买一堆的漂亮玩具，母亲的衣柜里，也会多出几件时髦的衣服来，让她在村子里走上一圈，收获一箩筐的女人的啧啧赞叹声。而且父亲一定是在白天所有人都出门的时候，气宇轩昂地走进村子里的，而不是像见不得人的小偷一样，选择在夜晚溜进家门。

这些疑问，而今不用再问，也能从父亲落魄的容颜里，可以窥出，这一次出门打工，父亲被人骗了。果然，第二天，父亲心情好一些了，才愧疚地将进了黑煤窑的事情，讲给了我们。想着父亲差一点就丢了性命，再也无法回来，我和母亲，心一软，也就原谅了他。但对夸耀山西煤矿的代雨，母亲还是狠狠地给骂了一通，尤其在他登门看望父亲的时候，母亲差一点将他给关在门外。

我是在很久之后，父亲回忆过往生活的时候，才从他口中得知关于山西的只言片语。父亲那时已经可以平淡地讲述这段经历，提及在煤窑里生活的艰辛，推车俯冲而下的时候，差点一头栽进深不见底的煤窑里，再也爬不上来，父亲的脸上，看不出太多的难过。他甚至还轻描淡写地告诉我们，他和代雨逃票下车后，想去镇上澡堂里洗个澡的，但捏一捏口袋里薄薄的一张纸币，还是忍住了。那一张纸币，在临近村子的时候，被父亲买了一斤橘子，放在了破旧的书包里。我没有告诉父亲，那一斤橘子的味道，我其实一直念念不忘，酸的，涩的，让人忍不住蹙眉的，但我努力地吃了两个橘子，并咧开嘴巴，告诉父亲，橘子真甜。

父亲再想起打工这一档子事来，已经五十多岁了。只不过，这一次打工，是在县城，而不是遥远的山西。那时村子里早已有了萧条破败之气，很少有人再靠种地为生，大家都候鸟一样，种完地便离开了村子，去往北京、上海或者广东。或者为了儿子能有个媳妇，跑去城郊买一个小产权房，而后骑着三轮车到城里去做生意。更有人直接将地给了别人，全家都搬迁至县城。父母始终舍不得将七亩地扔掉，也就开始了在县城租房子打工的两地奔波的生活。

父亲做的第一份工作，是在园林所里打扫卫生，工作看似清闲，却没有多少时间可以回家劳作。后来无意中他帮园林所疏通了一次下水道后，便走上了专门帮人疏通下水道、更换马桶的路子。这条路不需要老板，不需要多少技术，只要有体力，有耐心，有吃百家饭的勇气，能够将小广告似的手机号码，贴遍大街小巷的墙壁，让人能够一眼便可以看到，而且城管还无法将号码给刮下来，那么就能够在县城里，时不时地有活可干。当然，有时一天很忙，东奔西走，能将县城绕好几圈；有时，一天手机的两个号码都静悄悄的，枯坐着让人等得心烦。母亲是急性子，在家里看着父亲无所事事，常常会着急，做饭也做得没有兴趣，一不小心，就将饭给烧煳了，或者心不在焉地放了两次盐在菜里，让父亲呸一下吐出来，骂一声娘。母亲也毫不示弱，于是免不了便是一场战争。

那时的我，已经读了大学，可以免去听他们毫无意义的争吵。只是苦了正在县城借读初中的弟弟，他一个人在租来的狭小的房子里，不知道是该劝阻还是保持沉默，最后看着战争有升级的趋势，他也就只好躲出去，沿着墙根一直走，走到一个养鱼的大水塘附近，在垃圾堆旁边坐下来，看着浑浊的水发呆。偶尔，有小混混会来诱惑弟弟加入帮派，他人老实，怕，跟他们敷衍几句，就匆匆走了。最后走来走去，发现没有朋友可找，只好在破旧的租来的房子门口坐下来，看着天空发呆。

这样的生活，在父亲的努力之下，慢慢有了改善。五年以后，父亲便凭借着自己的努力，在县城买了一个两层的小产权房，让全家人自此在县城立了足。这时的父亲，打的工更杂，只要挣钱，他什么都做，他帮人修过水龙头，搬运过东西，改过下水道，安装过马桶，收购过废纸。他从来不嫌弃那些工作太脏太累，尽管因为在城里买了楼房，便因此被村人们嫉妒，并嘲讽他说，干的是挖厕所的臭活，还故意遇到父亲，做出掩鼻而过的举止，但是父亲只是笑笑，什么也不说，继续在县城里打工。

吃百家饭，免不了要和形形色色的陌生人打交道。我想父亲这一生，结识的人大概比走南闯北的我还要多得多。他遇到过小气的中学老师，好心的退休老太太，吝啬的饭店老板，善良的小姑娘，也遇到过赊账不给还狗一样冲他咆哮的包工头。父亲很少给我提及这些或许让他感觉屈辱的经历，他只是回到家，将安装完马桶的手洗得干干净净，便一脸倦容地吃饭，或者休息。

只是有一年，弟弟着急中打电话向我求助，我才知道父亲在县城打工，原是这样不易。是一个做工程的南方无赖，欠了父亲疏通下水道的三千多块钱不还，父亲在一年后上门讨要，被那无赖矢口否认，还找来两个小混混，当场给父亲一个耳光。母亲闻讯后跑过来，本想着帮父亲讲理，却让一个小混混拿起棍棒，照头劈来，一下子打晕在地。父亲很快报了案，但因不知道那个无赖的名字，案件进展缓慢。无助之下，弟弟找我，我震惊心疼，找了一个朋友帮忙催促办理此案。当我告诉父亲，事情会很快解决时，他却装出无所谓的样子，说没事，别操心了，你忙你的。我差一点哭出来，想要指责父亲为何一定要找无赖要钱，而且这样的活原本可以不做，可是想想父亲那时一定不想让任何人看到他的尴尬与难堪，也就忍住了眼泪，和他一样，假装事情并不重要，安慰几句，就匆匆挂了电话。

最终，父亲熬不起打官司的费用和精力，只能同意让弟弟花三千块钱，雇来县城一个专门帮人讨债的人，去无赖那里讨来一万块钱医药费，私了了此事。这些都是后来弟弟告诉我的，父亲对我只字不提，我也从来不去问父亲与这件事情有关的更多的细节。我们心照不宣地选择了回避，好像，那是一个人生里的伤疤，只要提起，就会有重新揭开伤疤撒上一层盐的疼痛。

我想起艳玲与焕梅，曾经对她们在外打工的生活充满了幻想。而今这种幻想，完全地破灭，我想，在天南海北打工的村人们，他们一定有着和父亲一样疼痛屈辱的经历，而且，他们也和父亲一样，选择了沉默，只将那光鲜的一切展示给人。就像，那一年父亲从山西逃回家里，选择了在镇上躲过白天，趁着夜色才悄悄溜回村子里一样。

揍孩子

村子里没挨过爹妈揍的孩子，基本上不存在。

大约每天都有一个小孩，被摁倒在床沿上，或者凳子上，再或泥地上，重重地挨上一顿打。这一顿打跟吃一顿饭一样稀松平常，好像大人不揍我们小孩，就体现不出他们的威风一样。我们小孩又不能回揍大人，只能眼泪流得哗哗的，除了求饶，并不太敢辩驳什么，否则，那巴掌会来得越发凶猛，直让人以为屁股会被打成八瓣，再也爬不起来。

我一直觉得父亲的大手是铁砂掌，一个巴掌劈过来，能把我打晕过去。所以我轻易不敢惹怒他，怕他气急了，铁砂掌打不过瘾，转身抄起家里的任何一个物件，比如笤帚啊树枝啊烧火棍啊铁链子啊柳条子啊，劈头盖脸地就朝我杀过来。我人小体弱，又是需要靠脸皮生活的女孩子，跑不过父亲，又无法让燃烧起怒火的他瞬间熄灭内心的火焰，所以最好的办法，当然是将父亲揍我的欲望降低到安全值以内。

不过屋后郑大家传出的小孩子的哀嚎声，比我们家概率大得多。当然，他们家五个孩子，一人轮一天班，也够郑大忙活的。郑大的儿子郑小印是全家的宝贝，舍不得打，否则打坏了屁股，将来传宗接代都可能会受到影响。这一点，天天盼儿子的郑大，比谁都清楚。所以郑小印的四个姐姐，就成了可怜的替罪羊，但凡郑大不高兴了，或者喝了点小酒，想要耍酒疯，四个女儿随便抓一个来，都能构成郑大揍孩子的理由。

郑大的女儿们都不怎么乐意读书，不好好学习也就罢了，她们还有些手贱，常常偷拿班里同学的铅笔啊橡皮啊文具盒啊，等等。这事当然是被小学老师给捅出来的，老师毫不客气地警告郑大，好好看管他的女儿们，别让她们丢了全家的脸面。那小学老师就在我们家前院，隔着两个胡同，这警告说出来，很快传遍了整个村子。大家都知道郑大家出了贼，而且还是丢人颜面的女贼。关于这几个女贼的劣迹，在流言中还被夸大了，好像她们个个都是身手非凡的女侠一样，能够将谁家的桃子给隔墙摘了去，或者将哪家的玉米藏在割草的筐子里带回了家，再或穿了隐身衣，潜入某家卧室里，偷拿了人家压在席子底下的十块钱。

如果我不曾见过郑大家的几个姑娘，我想我会将她们想象成江洋大盗，锦衣夜行，来去无踪。可惜，我天天跟她们厮混在一起，常常隔着一扇窗户，就能听到她们在院子里放屁的声音、哭爹喊娘的声音，或者，被郑大打骂的声音。所以在我的眼里，她们跟一般的小偷小摸没什么区别，不外是看见人家有了新的文具，就眼红了，想据为己有，于是在某个课下，趁着同学们都去了操场或者撒尿拉屎的工夫，猫在教室里，将人家书包里早就看中的那个宝贝，给偷出来放自己包里。反正她们也不爱学习，老师上课的时候，她们在底下实在闲得无聊，不琢磨点什么事情，还能做什么呢？

只是，一旦她们被老师或者学生给告到了郑大那里，就不是老师的几句批评可以轻松过去了。郑大打人的凶猛，比任何的野兽都厉害，只要他抬起巴掌，或者抽动手里的鞭子，挥舞下无情的棍棒，那几个可怜姑娘的偷盗气焰，就马上被扑灭了。当然，也只是暂时的熄灭。至于何时会死灰复燃，那得由郑大打人的轻重来定。

一般来说，郑大下手都不会轻。我从他们家门口路过，常常就见他闲着没事，追着某个姑娘跑，手里不是拿着鞋底，就是柳枝，或者只那拳头砸下去，也够他们家几个红艳艳的姑娘受的。这是家常便饭似的打法，稍微重一些，是拳打脚踢型的，几脚照着屁股踹下去，能让姑娘们吓得直接尿了裤子。

尿裤子的滋味是不好受的，有些丢人。我就经常被父亲一声巨吼，给震得跑也跑不了，直接呆立在原地，将裤子尿湿。所以父亲训斥我，很多时候不需动手，就能达到震慑人心的目的。但这一招对付郑大家的姑娘，并不好用。一般那尿干了，裤子洗上一水，她们也就将犯过的错误给忘得一干二净，说不定，还跟洗过的裤子一样，留着一点淡淡的肥皂香味，让她们回忆起来的时候，好像是一桩多么光荣的事迹一样。

所以大多数时候，郑大实施他的家法，是要动用绳子和鞭子的。郑大手脚利索，总是能一个人像提着猴子一样，将那并不弱小的姑娘给提溜到院子里某棵大树下，而后三下五除二，便用绳子给捆缚在了树上。郑大也不管我们在旁边跳绳玩耍的孩子怎样吓得哭了起来。他的眼睛里早就冒光了，那光刺痛了他的贼姑娘，让她们除了哭着求饶，没有别的办法。郑大既然决定了要打，当然是不管任何讨饶的。他一定要在姑娘的身上先抽上一鞭子，然后才开始骂骂咧咧，让她们老实交代，究竟偷了多少东西，放在哪儿了，以后还再不再干这种丢人的事。那姑娘是真的被吓住了，而且觉得在我们这些小伙伴面前丢尽了颜面，以至于竟然拉了裤子。郑大的老婆开始过来夺他手里的鞭子，郑大最恨这一点，他也肯定不听女人的劝阻，一定要将心里的气，全部通过鞭子和嘴巴给出完了，才愤愤地扔下手里的鞭子扬长而去。至于那个树上被捆缚的姑娘，哭哭啼啼成什么悲惨的样子，他看也不看一眼。

我们当然会尽快地将她给解救出来。只是那树上被捆缚的姑娘，并不会感激我们的搭救，反而觉得这是莫大的耻辱。被解开后，她拍拍屁股，躲进了屋子，再出来时，好像什么也没有发生过，照例嘻嘻哈哈的，跟我们抢着踢毽子，还很凶地朝一个女伴吼叫，跟她争抢跳绳，又将沙包狠狠砸在一个同伴的脑袋上，却连道歉也不说一句。

几乎是每隔几天，我都会听到郑大家里有小孩子鬼哭狼嚎地喊叫，要么求饶，要么誓死不肯承认做了坏事。我都有些习惯了，自顾趴在桌子上写作业，郑家那几个女儿的哭声哪一天没听到，我总是会担着心，想她们生病了吗？出门走亲戚被坏人给捉去了吗？还是被郑大给沉了河底？为什么一点声息也没有，让人觉得诡异？胡思乱想上半天工夫，直到后院又响起熟悉的哭声，我才放下心来，开心地去写自己的作业。

即便是郑大家里安静下来，几天没有鸡飞狗跳的吵闹声，周围但凡有孩子的家里，总是有那么一两户，会接替郑大来惩罚自己家的孩子。有时候，大人们心烦，看小孩子也不顺眼，拉过来就打上几鞋底屁股。可怜那被打的孩子，不知道缘由，就被脸色铁青、心里烦躁的爹娘给揍了一顿。

母亲很少打我和姐姐、弟弟，但父亲从来都不手软。母亲

丝瓜细细长长的秧会越过墙头，
爬到院子外的梧桐树上去，
而后在树顶上盘起来，等着秋天到了，坠下一个又一个丝瓜来。

每次控诉父亲，都会提及我一岁的时候，他们两个吵架，我在一旁吓得哇哇大哭，干扰了他们吵架的情绪，被父亲抱起来就丢到外面的瓢泼大雨里去。但这并没有涉及父亲的铁砂掌，对我来说，完全是记忆之外的事情。我最怕的，还是父亲常年劳作、铁板一样又硬又吓人的手掌。我觉得那跟郑大手里的鞭子一样，能一下子将我们兄妹打得屁滚尿流。很多时候，父亲还没有打过巴掌来，我远远看见了他那阎王一样愤怒的脸，就吓得尿了裤子，这一点并不比郑大女儿被捆在树上光荣多少。好在大多数时候，父亲打我都是关起门来不让外人看到，我也就没有变成郑大女儿那样，在被打后，因为丢了面子，而用愈发凶恶的面容对待看热闹的人。

大多数时候，父亲无需动用他的巴掌，就能将我完全镇住，他只要一瞪眼，我就吓得浑身打个哆嗦，像被孙悟空给定住了似的，动也动不得，只乖乖站在原地，应承下父亲一切合理或不合理的要求。哭也是不敢的，父亲一声怒喝，我那眼泪马上就缩了回去。若是动用了巴掌，我的脸上会火辣辣的疼，人被打晕了，不知道父亲在训斥我什么，只昏头昏脑地听着，像一只可怜的小绵羊。不过这根本不是父亲常常使用的武器。作为村里有名的编筐能手，那一根根长长的树条子，也成了父亲惩罚我们三个的有力工具。他只需转身抽出一根来，我们就吓破了胆，除了拼命奔跑，想不出还有什么办法能逃避这可以让我们屁股开花、脸上毁容的利器。父亲就在后面追我，我则啊啊哭叫着夺路而逃，常常就跟邻居家的胖婶撞了满怀，她很勇敢地用身体的城墙，将父亲给挡住了，然后，我趁着他们磨叽的工夫，一溜烟跑得没了踪影。

只是，跑出去容易，回家却难，不知道什么时候父亲会消了气，将那树条子给扔了，且忙得再也想不起来。我战战兢兢去找伙伴，让他们陪饿极了的我吃一顿野餐。野餐挺丰富的，比母亲做得好吃多了，我们会烤地瓜吃，在沙子里扒拉个坑，架起几个小棍子，将地瓜放在上面烤。或者用一样的方法烤玉米吃，烧豆子吃，总之，别人家的田地里应有尽有，想填饱肚子，是一件特别容易的事。只是，肚子填饱了，一脸泥灰的我，又开始担心起回家后挨揍的事。好在有伙伴在，她叫上另外一个朋友来给我壮胆，我将脸去河边洗干净了，把脚丫子也在沟渠里涮掉了沙子，这才惴惴不安地带着两个保镖，踏上了回家的路。当然，在外面耽搁的时间不会太长，我看着太阳在地上落下的影子，就知道大致的钟点，让母亲不至于因为我不回家吃饭，喊遍整个村子，并因此再一次将父亲惹怒了，进门又补上我一顿树条子。

常常快进家门的时候，我不自觉地就沿着墙根走。两个小伙伴给我壮胆，唱着歌，好像什么也没有发生过一样。但我知道她们的心跟我一样是悬着的，总怕父亲打我的时候，那柳条子忽然没长眼睛，一下子甩到她们脸上，给毁了容。其中一个还要负责帮我解释晚归的原因，因此心里便七上八下的，担心出了漏洞。三个人刚刚走进胡同，就见父亲正在门口用斧子劈柴，那柴劈下去，碎屑四溅，让人忍不住微闭上眼睛，怕被戳瞎了。我低着头，没敢跟父亲打招呼，试图绕过他，一步跨进院子里去。父亲却在我溜进门的那一刻，厉声将我叫住：回来！我吓得快要尿裤子了，回头看见父亲指着两个小板凳，道：将板凳捎回屋里去，给你同学坐！

我终于长长地舒了口气，抄起板凳便蹑手蹑脚地溜回了房间，尽管撑得肚子有些疼，还是坐下一口气将母亲专门给我留下的饭菜吃掉，以防父亲进门看到我没有吃饭，再朝我吹胡子瞪眼，甚至动怒，又给我一顿皮肉之苦。而我的伙伴们，在完成护花使者的任务之后，见我基本上脱离了险境，这才专门给父亲道一声再见，飞跑出去。我知道她们在外面肯定会议论我那脸色铁青、不近人情的父亲，还会拿来跟自己家的爹爹比较，但比较来比较去，估计会觉得天下爹爹一般黑吧？因为，一年到头，我们互相当护花使者的次数，大致是均等的，谁也不会少挨两柳条子，谁也不会被心情坏到大声争吵的爹妈珍珠一样格外呵护着不磕不碰。

所以乡下的孩子都是皮实的，打不死的样子，不倒翁一般，踢上两脚，踹上几下，骂上两声，饿上一天，第二天起床，照例是一团喜气洋洋的模样。即便是全村子里的人，都跑来围观爹妈打自家的孩子，那孩子在人群注视和议论之中，干号几下，跟大人声嘶力竭地争辩一番，又摆出一副所有脸面都不要的臭模样，让爹妈不好意思继续施威下去，只能罢手，任其哧溜一下，从人腿中间跑得没了踪影。

哪个孩子有了出息，大人们最爱回忆的，是某年某月，这孩子曾经当街站着，被爹妈给踹了几脚，或者扇了几个耳光，甚至是被追赶着跑遍整个村子，最后到底还是被抓住了，押回家去，摁在天井里，暴打一顿。大人们还会啧啧称赞孩子爹妈，多亏当初又打又骂，这才压住这孩子贪玩的野心，让他能像今日这般出人头地。

那被夸的孩子，讪讪一笑，红了脸，好像当年被一巴掌打过后留下的印痕。他当然不会告诉任何人，这么多年在外闯荡，隐忍不发，沉默寡言，全是那时人前被打烙下的印记。就像而今的我，离乡千里，不管人生怎样顺畅通达，总有一抹挥之不去的孤独感萦绕在心，拿什么刀子都刮不掉，像强大的根茎一样，长进了我的肉里。

那是一个孩子被人群围观殴打时，最深刻的无助与恐慌。只是，我的父母和乡亲们，从来都不知晓。

打老婆

大仓家的媳妇，哭起来跟村里别的女人不同。别人家媳妇，跟男人们吵了架，都是号啕大哭，而且一定要坐在泥巴地上，将裤子弄得脏兮兮的，似乎那裤子跟她一样，被男人百般蹂躏过。两只手呢，也要不停地拍打着双腿。眼睛是闭着的，脑袋也是歪着的，嘴则大张着，将那冲泻而下的眼泪，混合着喷溅的唾液，一起沾湿了的确良衬衫。但大仓家媳妇是读过书的，还是高中毕业，差一点考上大学，如果不是大仓中途非要跟她谈恋爱，两个人大概都不在村子里，早就飞出去成了金凤凰。

当然，也不可能像现在这样，两个人扭打在泥巴地上，大仓骑在媳妇身上拳头乱飞，而大仓媳妇则在人群的注视围观之下，发出羞耻的、悲愤的、卑贱的哭声。那哭声让看热闹的人动容，并觉出大仓媳妇命运之悲哀。也让习惯了号啕大哭的村里娘们忽然间自惭形秽，像照见了自己大哭时的丑陋之容。

哪个男人都能打媳妇，唯独大仓不应该打自己的媳妇。人们都这样总结并责备大仓。大仓算哪根葱呢？读过高中，却是闷头棍一个，永远不会说好话哄女人，又不太擅长地里的庄稼活，于是只能依靠父母拿出一点钱来，开了一个小卖铺。那小卖铺没有沿街打开来的一个小窗口，人们只能走进院子，进了堂屋，才能看见砖头砌起来的矮柜台。有着一米八傻大个的大仓，很没出息地站在柜台里，帮人打醋，拿花生米，或者兜售新进的铅笔盒。大仓媳妇当然永远是家里安静微笑着的主妇，一刻不停地做着家务，让这个小小的家看上去更体面一些。就像，当初她和大仓同桌时，她总是打扮得特别干净整洁一样。

大仓跟媳妇算是我们村子里，自由恋爱且结婚成功的特例。上世纪八十年代，大家都还要依靠换亲的方式，来给光棍们找到媳妇。而踹一脚也放不出一个响屁的大仓，能不声不响地就将漂亮的、读过高中的知识女青年给领回家里来拜堂成亲，那真是一件震撼全村的大新闻。为这，大仓爹娘在村里有扬眉吐气、翻身做主人的骄傲。只是，新黄瓜旧黄瓜，过不了三天就成了老黄瓜。嫁人后的大仓媳妇，就再也不看书不谈论校园生活了。她脚踏实地地在我们村里做了一个外来的敏感的好媳妇。她不多事，也好脾气，人去买东西，总是笑脸相迎；不像大仓，永远一副铁打的干巴脸，好像全村人都欠了他钱一样。

就这样的知识女性，还遭到大仓野蛮的殴打，而且还是骑在身上，跟个公马雄狗野骡子一样，毫无羞耻地当着全村看热闹的男女老少的面！全村没几台电视，恰好大仓用这一场夫妻间的战争，填补了黄金时段村人无聊的时刻。大家都奔走相告，大仓打媳妇了！于是不到一刻钟的工夫，就好像有一个无声的高音大喇叭在村子里广播了一阵一样，老少爷们和八卦娘们，就哗啦一下聚拢来，将大仓家小小的院子给围得水泄不通。大仓被群情激荡着，内心愈发得张狂起来，简直是疯了一样，更加来劲地进行着这场打老婆的表演。昔日那个老实巴交的大仓，好像摘了面具的魔鬼，现出让人惊吓的粗野。

有一个小孩子在人群后面嘀咕：大仓疯了！刚说完，小孩的后背啪一声就被打了一个巴掌，然后便是一个女人的声音：多嘴！

终于有人看得累了，大约也觉得继续看大仓打下去，有点不好意思，应该劝上一劝，让双方都坐下来，把故事讲得更精彩一些。况且大仓媳妇也已经失去了昔日人前的漂亮女学生的样子，算是尊严尽毁，也平息了一些女人心里的嫉妒和醋意。于是男人们开始以兄弟般的语气喊叫着，让大仓手下留情，否则小心他们一起上来，将他给揍个稀巴烂。这样听起来，好像他们跟大仓都手足情深，媳妇也是他们共同的媳妇，所以要全力阻止，尽心呵护。而女人们呢，当然也不会闲着。善于说和的，手愤愤指点着大仓，指责他太不像男人，将她们好姐妹给打成这样，小心她们妇女们联合起来，一起报官！拙于言辞的，则用一声声叹息，给这场战争加一些悲戚的气氛。也有关系稍微亲密的本家，则握着大仓媳妇的手，现出同呼吸、共命运的悲壮与豪情。

接下来的战争，就转移了战场，大仓与媳妇的主战场暂时停止，人群开始出现骚动，大家七嘴八舌，纷纷表达自己的看法。男人女人们，还会现身说法，将自己家那点破事，抖搂出来给大仓和媳妇做例子，让他们知道，过日子都是一样的吵吵闹闹。有时候某个人说得不对，还会有人反驳，好像大家在进行一场辩论赛一样。小孩子们乐坏了，纷纷跑到大仓家的柜台后面偷糖块吃。有淘气的，还将小石块放到醋缸里去，并好奇地趴在缸沿上，看几个长得脑满肠肥的蛆，在醋缸里欢快地游泳。

大仓爹娘烦透了，不停地拿白眼射杀那些捣乱的小孩子，恨不能将他们全都投到醋缸里酸死。而那些蚂蚁一样“爬”到大仓家各个房间里张望一下的好事者，连真正战争中的大仓和媳妇也生了厌。于是一番眼神交流后，大仓和媳妇暂时忘记了战争，也不再悲伤地将吵架的原因，说书一样津津有味地讲给众人听。一家人联合起来，决定将看客们扫地出门！

是大仓爹妈先站起来，将柜台里的小孩子们全都赶了出去，并拿出笤帚来，将众人带来的乱七八糟的泥土，全给扫了出去。大仓也勉强挤出微笑，向众人发誓，此后再也不对媳妇这样了。而媳妇呢，也绾起头发，整理妆容，重新现出妩媚漂亮的脸蛋，让那些劝架的女人们，又浮起微微的嫉妒，因此说和的劲头越来越弱，直到最后，大家都觉得有些无聊，于是起身，带着同情的眼神，看一下大仓媳妇衣服上的鞋印，拉起自家孩子，扭着屁股出了门。

一场战争，以大仓爹妈将门重重地关上做了结。

两口子在自己家里打仗，大多床头吵架床尾和，这算是文艺型吵架方式。算不上多么激烈，街坊邻居劝说一下，也就止住了。两人再出来，又是精打细算勤俭过日子的恩爱夫妻。但那种将架给吵到大街上去的，则有撕破了脸面的大无畏，更有粉墨登台唱一宿给村人们听的泼皮劲。郑大和郑大媳妇，大概就属于此类型的勇妻猛夫。

村里人都有些习惯了，所以见郑大在村子里手持棍棒或者镰刀，边追着媳妇跑边高声喊骂，并不会多么的惊恐。反而会闲闲地擤一下鼻涕，又淡定地扒拉几口海碗里的面条，再嚼一口大葱，才平静道：两口子又闷得慌了，非得干一架才舒服。郑大最厉害的一次，是追着媳妇绕村子跑了一圈。村里人都以为他们两个在跑马拉松呢，所以抄着手站在路边上，看他们风一样穿过去，并没有人上前拦阻。直到郑大和媳妇两个人都生了村里人的气，嫌弃他们连架也不劝一下，自动放弃了跑步运动，叫骂着回了家。

不过更多的时候，村人们还是会做义务劝架的高素质看客。只见男人们哗啦一下子从四面八方涌过来，将郑大的道路给围得没了缝隙，他郑大就是插翅也难飞。但郑大嘴里的叫骂声，是绝对不会这样偃旗息鼓的。他一定将世界上所有难听的词汇，都给叫嚣一遍。至于人群外同样被女人们给拦截在另一处的媳妇能否听得到，那就不属于他叫嚣的职责范围了。反正作为一个敢于打老婆的男人，他是尽到了严加管教老婆的义务。如果他实在是不服气，心里憋着的诸多委屈，不能够通过镰刀、斧子给发泄出来，又不便朝着劝架的众人砍过去，嘴巴里的污言秽语也泼不到老婆身上，他便会做最后的一搏，奋力划拉开众人，要游到老婆身边去，继续战斗！众人当然不能让郑大得逞，于是领头的劝架人，比如村长或者会计之类的，便会一声大喝，让那人群更牢固了三层。于是，郑大终于成了一只被困住的野兽。

而不远处被女人们给拦截住的郑大媳妇，耳朵尖，知道郑大被众人给拦下了，且一时半会也冲不过来，便愈发地放开了嗓子，哭了起来。那哭声可以将任何男人的意志给冲垮掉。就连不相干的男人女人，也忍不住痛恨那总是动刀动枪的郑大，觉得他可真不像男人，连自己媳妇都这样对付。郑大当然也是听得到媳妇的隔空喊话的，明白那话里的深层含义是，让他别在大街上嘚瑟了，赶紧回家去，该干吗就干吗！否则，她会在大街上让他身败名裂！郑大起初是不吃这一套的，时间稍长，看众人脸上也有些烦厌，好像他耽误了大家拉屎放屁的时间，于是便见好就收，拿镰刀朝不远处一指，放狠话道：我看你今天敢回家！

这句话等于放了信号，让媳妇赶紧回家去，别在街上丢人现眼地骂来骂去了。郑大丢下这句狠话，也就气呼呼回了家。郑大媳妇呢，则稍微待上十几分钟，估摸着郑大气快消了，也到两口子合伙铡草喂牛羊的时间了，这才灰溜溜地回了家。回家后当然大家谁也不搭话，将最初战场上的满地狼藉给收拾干净了，觉得哪个小细节都不会让对方火焰再次燃起，这才重新在院子里搭伙做起了事。

这种剧目，村里一平静得有些无聊的时候，郑大便会上演一出，给男女老少的生活添加一点葱花佐料。大家回去，免不了在晚上躺在被窝里，讨论一下今天郑大的表演是否精彩，而他媳妇的辅助演出，又是否能够打动人心。这有些像一只狗闲得无聊，忽然间对一只鸡发起攻击一样，在巷子里追出去老远，觉得无趣，也便收了脚。郑大时不时地上演这么一回，大家也就习惯了。哪天看不到他们吵架，反而会觉得有问题，纷纷打听，近日郑大家怎么没了动静呢？

但郑大好歹也是血性男儿，真急起来，是不会跑到大街上丢人现眼的。对他来说，那些大街上的游戏太过低幼，不值一吵。他的那股子犟劲要上来了，非得要跟媳妇干架，将她打个落花流水，是不用跑到大街上去的。他一定在家里便将媳妇给撂倒了，大拳小拳全落在她的身上，让她三天下不了床。所以村人们若是听谁一句低语：郑大跟媳妇家里干上了！那兴奋一定会瞬间燃烧到最顶点。女人们心里还会有一些恐惧，不知道这次郑大会动用什么家伙，给男人们做打老婆的示范。她们心里也会嘀咕一下，到底带不带自己家孩子过去欣赏这场暴力的游戏。不过孩子们可不管这些，他们天生都爱看热闹，不等女人们想好是否带他们过去，便一个个溜出了家门，朝郑大家跑去。

我隔着窗户见人群哗哗地朝郑大家流过来，怕郑大家堵了，我进不去，于是从胖婶家左边的矮墙上，一跃而过，先于嘈杂的老娘们，抵达了主战场。但我并不敢贸然走进院子，因为此刻看客们还不算太多，而郑大正提着一大壶热水，追着老婆满院子跑，就好像一只发疯的公狗，追着一只可怜的母鸡一样。而郑大的几个女儿，大约对这样的游戏，已经司空见惯，都站在旁边的小偏房里，冷冰冰地注视着越来越多的观众，和舞台上正演得酣畅淋漓的爹娘。怕她们以后一起玩耍时，无故给我小鞋穿，我只能躲在大门外面，等着观众越来越多了，才敢混入人群，走进院子里去。此时的郑大，已经被扮演警察的村里的大老爷们给完全控制住，并丢掉了手里的危险武器——热水壶。暂时成了无公害动物的郑大，被众人给押着，坐在堂屋的椅子上，开始他混杂了发泄性谩骂的讲述。当然，他不会一个人自说自话，他每讲一句，总有老婆对接一句相反的台词，而且两个人保证台词都不会重复，总能将观众引向一条好奇探索隐秘的曲折小径。

如果观众觉得乏味了，郑大老婆还会借着人多势众，跳到郑大这老虎头上去拔毛，让郑大猛地蹦起来，要捉住这只胆大妄为的母鸡，将其毛发给全部扯掉，让她变成难看的秃子。原本就暴躁的郑大当然不是好惹的，老婆稍稍拿了草茎一撩拨，他就蛐蛐一样跳将起来。郑大老婆可不怕这一手，因为有那么多村人撑腰，郑大是断然不会将她怎么样的。即便是他跳过来掐她的脖子，也有妇女主任和手下一群干将，扑上来给拦截住。所以郑大老婆只管煽风点火就是了，只要群众满意了，她这演员也不会吃了亏，终归群众是要负责地将这场大火给扑灭掉，才肯离去的。

郑大说尽了天底下所有恶毒的言语，又将想象中的干掉老婆的所有酷刑，都给描述了一遍。眼看着观众们厌倦了他的描述，他一定会再次跳起来，将最后的淫威给施展一下，并被观众给彻底地熄灭了，这才蔫蔫地坐在地上，强撑着快要困死的眼皮，示意今天的演出，到此结束。

这一场战争，让郑大打掉了老婆的一颗门牙，脸上也划了几个十天半月都去不掉的血道子。而郑大也好不到哪儿去，一个耳朵被老婆咬下了一小块皮肉，眼睛也成了乌青色，跟老婆脸上的伤痕正好配对。两个人一出门，就知道这场战争的激烈程度，让他们至少半个月不会再有力气战斗。于是大家都带着一丝的遗憾道：郑大两口子不吵架，日子过得真没滋味。

我隔窗听着屋后面郑大几个女儿的叫嚣声，也跟村里人一样，有些想念郑大打老婆的热闹时光了。

放电影

铁成跟我是小学同窗，却并不是什么好友，所以他爹有什么好电影要在周末放映，他都守口如瓶，从来不会告诉我。好像他爹那铁匣子里装的不是电影胶片，而是国家机密一样。我因此便在同学面前少一些权威，因为他们家明明就住在我们前院，我却连这点消息都不能让其走漏，简直是无用的内探。铁成他爹更是牛哄哄的，因为铁成大爷在村子里做村支书，“一人得道，鸡犬升天”，他爹就跟着成了村里的电影放映员。电影放映员当然不只是放电影的，还负责全村大小事务的宣传通知，以及为村支书的插播讲话做好清道夫的工作。于是铁成爹便有了村支书秘书一样的官样，见我走过来，要问他影片名字，便八字脚昂首挺胸地走路，并故意跟我保持开一定的距离，听到我问今晚放什么电影，头也不扭，就道：放什么一会就知道了。完了看见旁边胖婶经过，又下通知一样的，喊道：放电影了，村支书有重要事情要讲，吃完饭大家赶紧去操场上集合。

操场是我们小学用的，因为紧靠着大队的村支书办公室，恰好又有两棵大树可以挂幕布，便被用作放电影的基地。铁成爹到了办公室，先不忙着将桌椅搬到操场上去，而是靠近大喇叭先喊上一嗓子：放电影了！放电影了！老少爷们快来！我们支书也有重要文件要通知！村子里人们仰头听见那大喇叭的响声，都议论着慢慢回家去，说今天有什么好电影要放呢，铁成爹连个名字都不说，好像电影跟屁一样，人前不舍得放出来。这中间当然会有消息灵通人士，或者跟铁成爹特别要好的，早早地就将电影名字给传播开来。不过，这都是电影放映时间快要到了的时候。我猜想铁成爹肯定会千叮咛万嘱咐他的近亲们，如果电影不好，比如放个葫芦娃动画片或者科学农业种植之类的宣传片的时候，一定要守口如瓶，否则，到村支书讲话的时候，下面连个人都没有，如何维护书记的权威，并让那重要通知和讲话传达给全村老少爷们？

不过不管电影好看不好看，村民们总归是没有看过，所以还是抱着一丝希望，那电影不是上次放的科教片。有习惯了吃饭晚的，赶紧提前将“咸糊涂”（玉米粥）烧好了，烫嘴也不怕，趁热就给喝了下去。喝完了碗也不刷，直接堆在井沿边的瓷盆里，便换上好看一些的衣服，将门一闭，全家老少一起朝操场出发。

于是当大家四面八方地从村子里汇聚到操场的时候，整个村子便有被炮轰过的萧条，连狗们都闻到了放电影的气息，跟着主人一路跑到了操场。操场上满满的全是人和狗，东头的狗和西头的狗一见面，兴奋得不知怎么表达，全跳起来，又咬又啃，好像要将对方吞进心里去。而东头的人和西头的人见了，也唧唧喳喳个不停。于是原本是来看电影的，大家却全忘了娱乐的初衷，穿梭来往，寻找着自己的老相好，或者牌友聊友，而后将小板凳朝地上一放，就天南海北地聊起来了。

男人们爱聊国家大事，好像国家的命运都掌握在他们的嘴皮子上，他们因此非得唠出个头绪来，将这国家好好治理下去。而女人们更是人来疯，平日里难得将小道消息详细地传播给东头的闺蜜，这会成了最佳时机，可以将前一阵子村里飘来荡去的绯闻八卦，给详细絮叨絮叨。女人们的讲述都是夹叙夹议型的，讲一段故事详情，便插播一点评论，直到将故事里的男女主角，像孙悟空的金箍棒一样，一棍子打个半死。

至于我们小孩子，上学的因为天天在校园里见面，在操场上便有些集合的意味，于是情绪便不那么高昂。倒是那些学龄前的孩子，和已经读了初中的大孩子，他们汇聚到操场上来，让这大合唱变得愈发亢奋起来。学龄前的小屁孩们，会跑到学校里晃旗杆玩。他们挨个上去将旗杆摇上一摇，只为听那上面的铁环和旗杆碰撞时，发出的好听的叮叮当当的响声。读了初中的孩子们呢，跟留级在小学的同学见了面，便有了一些感慨当年时光的沧桑感；一个有节制地炫耀自己的初中时光和新的同学老师，一个则一脸羡慕嫉妒地听着对方炫耀，想要表达自己头悬梁锥刺股的决心，却又总是尴尬地插不上话。

村子因此便有些沸腾的热闹，以至于铁成他爹连着在大喇叭上喊了几声：老少爷们安静一下，马上就要放电影了！安静！别说话了！这响声如果只喊一次，肯定消失在喧哗之中，连点浪花都不起，便了无声息。于是铁成他爹只能多喊几次，一直喊到大家终于意识到自己是来干什么的，并搬起马扎，从四面八方重新回到自己原来的位置上去。铁成他爹这时也开始调试电影的清晰度，于是一束强光就朝着两棵大树间拽起来的幕布飞去。小孩子们都好奇，伸出手去，努力地让自己手的影子投射在幕布上。铁成他爹并不担心，因为一旦电影的声音响起来后，他们会马上停止跳动，回到大人的怀抱里，或者自己的马扎上，再或柴草垛上、墙头上去。

随着音乐声响起，电影的放映终于开始。人群瞬间安静下来，将视线齐刷刷地投向幕布。铁成他爹这时颇有指挥千军万马的英雄气魄，他朝处于操场焦点位置的放映机前的椅子上重重一靠，便开始了他的工作。他坐的那大椅子和前面的大桌子，都是从村委会办公室搬来的。有眼尖的，会看出这桌椅是计划生育小分队从超生的某人家里，强行拉出来充当罚款的。不过这会大家都顾不得八卦了，聚精会神地全成了小学生，听从铁成他爹这个校长的指挥。

即便是放映葫芦娃，大人们也不会因为电影小儿科，就搬了板凳离开。因为回家也是睡觉，不如在操场上看上一会，顺便让那喝了豆子咸糊涂的肠胃消化消化。况且小孩子们是断然不会离开的，将他们丢在操场上，放映完的时候被人群一冲，怕是会乌龟、河蚌一样，被丢在了沙滩上，且没力气自己爬回家去。所以大人们边有一眼没一眼地看着电影，边跟旁边的村民说一会闲话，并探讨一下待会村支书会有什么重要的通知下达。于是在村支书那消息没有发布之前，这秘密便成了支撑大人们继续看下去的理由之一。

对正处于发情期的小青年们来说，继续看葫芦娃的重要理由，当然是可以隐蔽地谈情说爱。于是我喜欢在放电影的中途，跑到柴草垛前去撒尿。大家都流传柴草垛里会有猫叫，而且是好几对野猫，啊啊地此起彼伏，好像比赛一样地谁也不肯先停下来。村里还流传光棍们最爱去那里听叫，还假装撒尿。我撒尿当然不是假装的。况且我害怕去柴草垛旁边，那里黑乎乎的，什么光线也没有。即便是电影里的光影流溢过来，也被那叫声给驱散了。我靠着墙根，低头蹲下撒尿，尿落在麦秸上，发出嘘嘘的响声，好像一只猫悄无声息地踏过房顶。隐约中我看到一对男女，半躺在麦秸垛上，那脸快要粘在一块了，却又若即若离地隔着一丝的距离。喘息声渐渐浓郁起来，整个麦秸垛似乎都在跟着摇动。偶尔有人经过，那上面的人立刻抱住了下面的人，又将整个身体倾覆下去，好像要将下面的那个给重重包裹起来。我看得有些脸红心跳，扭了头，将剩下的半泡尿给撒完了，这才在操场上一阵不知所以的叫好声中，猫一样窜出去，回到拥挤的人群里去。

我很想知道那叫春的猫们是谁，但从来都没有人肯告诉我。村人们都神秘兮兮地咬着耳朵窃窃私语，完全不想让我听到似的。我却偏偏总是想听，于是便恨自己没有快快长大，没法融入到大人的生活中去。哪怕像姐姐那样，有人过来大献殷勤也好。姐姐看电影最不愿意带着我了，她每次都一溜烟跑得没了踪影，可惜，每次都能被我发现，并借用了父母的名义和命令，让她厌倦地瞪我一眼，什么也不说，算是接纳了被我跟着无法脱身的事实。

姐姐等到我撒尿回来了，会命令我好好看管小板凳，自己也跑去撒尿。她的尿总是非常漫长，以至于让我以为她是不是一头栽进了自己的尿里，爬不出来了。于是我只能担着心，一只眼看着电影里永远不会亲吻的男女，一只眼扫射着柴草垛，又密切注意会被姐姐突然袭击，从背后神秘地探过头来，将我吓个半死。

从柴草垛旁边回来的姐姐，跟我相差无几，脸红红的，我只当她也是被夜猫的叫声给吓住了，所以瞥一眼她羞臊的脸，便放下心来，继续安稳地看自己的电影。直到某个隔壁村里的男青年，留着一撮小胡子，地痞流氓一样地忽然凑过脑袋来，又用手轻抚了一下姐姐的头发，我这才惊骇起来，觉得有一种隐隐的危险，蛇一样隐匿在某个角落里，又伸长了无形的信子，朝我聚拢过来。我当然不是那信子的目标。它要抓住姐姐，将她重新掳走，丢到麦秸垛里去，并用厚厚的麦秸埋掉她，让她再也不能够回来，跟我一起看电影。我终于知道那麦秸垛的可怕之处了，也明白了村人们为何总是议论纷纷，那里会有一个人，将不安分的女孩子和小媳妇们给消灭掉。我想姐姐就是那个要将自己的身体与灵魂一起给送过去的危险人物。

这样的胡思乱想，要到村支书的破锣嗓子，在第二个电影开始之前，忽然通过高音喇叭响起的时候，才会停止。那时铁成爹会将明亮的灯泡打开，让明亮的光线照射清楚每个在黑暗中偷偷摸摸的人。我站在小板凳上，觉得这一清二楚的操场有点让人失望，每个人都失去了美感，包括黑暗中散发着神秘光泽的姐姐。而那堆麦秸垛，也失去了故事。只有滑落在周围的一把把的麦秸，像是衣衫不整的偷情的女人，让人看着脸红心跳。我对这剥去了朦胧外衣的平庸的操场，失去了兴趣，于是离开姐姐，跑到电影荧幕后面去，试图再看一看，有没有什么东西，神秘地隐匿在那里。

当然是什么也没有。倒是有懒得到操场上跟人争抢好位置的老太婆们，或者醉翁之意不在酒的小孩子们，傻乎乎地仰着脑袋，看空空的荧幕上，高大的杨树枝干落在上面的寂寞的影子。

村支书接连喊了很多声“安静！安静！”人群才勉强只剩了女人们嘁嘁喳喳的唠嗑的声音。村支书因此对看电影的人群有些生气，故意训诫说，下面的消息非听不可，非记不可，谁不好好听着，就会吃亏很多年！这样的吓唬果然有点用处，大家都齐刷刷地将视线全移到放映机的焦点位置上去。村支书大约从未这样被人重视过，也或许被瓦数很大的灯泡给炙烤着，有些憋闷，于是喝了几口水，清了清嗓子，又继续讲下去。等到讲了十几分钟，他的讲话终于切入了重点，大家一听，有些上当，根本就是关于如何发展建设的大空话，听不听似乎都无所谓，对于庄稼浇地啊秋收播种啊，用处并不太大。于是大家又都苍蝇、蚊子一样嗡嗡地响了起来。那声音绕着村支书的脑袋，飞蛾一样怎么也扑不灭。村支书有些着急，“秘书”铁成爹也觉得有失体统，于是一把夺过话筒来，喂喂喂地喊了几声，大家这才意识到此刻的正题是村支书讲话，而不是私自聊天。

为了给村支书一点面子，让他花钱请来的电影没有白放，大家都刻意压低了嗓门，以示对他的尊重。但即便如此，村支书都讲了些什么重要指示，还是没有几个人会说得清楚。大家都难得有闲汇聚一堂，在操场上唠唠东头西头或者邻村的八卦新闻，并顺便跑到麦秸垛旁边，面红耳热地看看犯罪现场，回忆下自己一生中难得的偷情恋爱时光。所以无论那村支书怎样扯着破锣似的嗓子宣传方针政策，都无济于事。大家照例将操场给搅得沸腾的锅一样，村支书和铁成爹试图浇几勺子凉水进去，却让那火焰愈发地热烈起来。村支书好脾气，不管村民怎样在他讲话时高声喊叫，始终语气温和，好像在哄着一群不听话的小孩子，知道打屁股没有用，也就不打了，只叹一口气，继续自言自语地讲下去。

等到村支书的讲话终于完了，铁成爹也如释重负，喊一嗓子：下一个电影开始了，大家都到自己位置上去坐好了！这一声人们真听清楚了，兴奋地扭过头来，齐刷刷将视线光柱一样，投到荧幕上去。灯光忽然间暗了，喧哗的操场终于静下来了。

电影散场以后，人们沿着东西南北四条大道纷纷散去。我搬着小板凳，迷迷糊糊地跟着姐姐回家。姐姐从来不牵着我的手，于是我只能紧紧跟在姐姐屁股后面，眼睛半睁半闭着，好像要睡过去了。但朦胧中，还是能看到跟姐姐一起的女孩，正兴致勃勃地谈论着电影里男女亲吻拥抱的情节。其中一个女孩，还用两个胳膊搂抱住自己的肩膀，表演情侣间的拥抱镜头。而大人们呢，则有一句没一句地讨论着影片中的故事，时而被小孩子迷迷糊糊的喊声打断：娘，鞋子掉了！那当父母的，弯腰捡起怀里小孩子的鞋子，又继续在没有路灯的道上，边轻声细语地谈着电影，边快步地朝家中走去。

而那放电影的铁成爹，当然是最后一个离开操场的。那个时候的他，总是有些孤独，来之前耀武扬威保密影片的样子，此刻被夜色围住，如霜打的茄子一样，暗着脸，蔫下去了。而下一场电影何时放映，讲话憋气的村支书还未发话，铁成他爹当然也就暂时失去了用武之地。

铁成爹没有预料到的是，几年以后，大家都买了电视机，不管村支书有什么重要指示，铁成爹在大喇叭上喊多少声去看电影，村民们都不再有看露天电影的热情，只在大喇叭一声又一声的催促去看电影的恳求中，“啪”一声打开电视，边嗑着瓜子，边不耐烦地丢一句：铁成爹叫唤什么呢，真招人烦，破电影，哪有电视好看?!

铁成爹放电影的“伟大事业”，终于慢慢萧条下去，直到最后，大家纷纷外出打工，连守着电视机看娱乐节目的时间也不再有。

串门子

正月初一一到，“年”这挂鞭炮，才好像忽然间想起来要爆炸似的，将那个长长的燃烧着的尾巴，奋力地一甩一跳，便开始了想要脱离开庸常生活一样的热烈的炸响。这一天，村里的人们开始了浩浩荡荡的串门子。

串门子的人脸上，都写着一种决绝，不将全村熟识的人家给串完了便誓不罢休的决绝。见了面，大家除了问好，还会加一句略带同情的话：串完了没？听起来好像都在串羊肉串一样。而且大家都较着劲，比赛着，谁串得快，谁串得稳，谁串得精致，且又体面，没有什么差错，买的卖的都皆大欢喜，那才真是让人艳羡。至于那串羊肉是感觉被铁棍给串疼了呢，还是舒适熨帖，酥酥痒痒的，也绝对是在考察行列的。

小孩子大概是最愿意串门子的。他们的真诚比大人高十几倍。大人串门子，脸上都带着一股子虚伪，还要将面具挂好了，才敢出门。小孩子只需被大人打扮得漂漂亮亮的，就可以了。即便是这种难得一次的漂亮，也是给人看的。告诉那来串门的或者去串门的人，这一年的日子，全家就过成了这样体面的模样。

所以我从还没有过年呢，就开始被大人盘算着该穿什么新衣服了。当然，臭美之心，人皆有之。我会主动参政议政，对父母的意见进行点评。比如我不爱穿那个被姐姐穿过几次的衣服，就会直接冲母亲提意见：姐姐都穿过了，不算新衣服了！母亲“哼”一声，训斥我道：你倒是会挑毛病，你怎么不说，姐姐都能帮着家里做饭烧咸糊涂了，你却连火也不会烧呢？我趁着父母脸色还算好看，愈发得逞：我昨天还扫地了呢！母亲终于笑了：总之你是有理的好吧！我知道自己撒娇成功，便进一步上位：那我的新衣服啥时候做好呢？父亲扭头冲母亲道：今天下午你就去给老二扯点花布做一件吧，要不算算连时间都没了。于是我买新衣服的人生大事，就算是在母亲的点头同意中解决了。

大人们当然更是模特一样，为了在这一天集中展示自己的好身材，或者有钱，纷纷要在财务预算里，也给自己加上一笔。母亲压箱底的那件好衣服，会拿出来掸一下灰尘，清洗一下，而后配上一条大大的新买的花围巾，便算是给这年增加了喜气和新气，让人家不至于误会自己一年到头都没有舍得花钱在自己身上，或者根本就是家底稀薄，没有挣下分文可以用来改善日常生活的钱。见面后知道母亲还穿着去年那件棉袄和裤子的人，会说话的，则献上几句奉承，比如身材还是那么苗条，比如这件衣服穿起来就是好看，怎么穿都不觉得心烦，比如那围巾衬得衣服真漂亮，显得肤色可真白啊。白是乡下人喜欢的肤色。白白胖胖的媳妇最招人喜欢，因为好生养，能装面子，摆在茶几旁边上档次。不像有些小媳妇，面如菜色，让自己家的日子，照上去好像一辈子都不能翻身似的。于是满大街串门子的人，见了面，总不忘奉承路上的女人们道：哎哟，几天没见，胖了，也白了，吃得肯定好。我有些奇怪，对面那个媳妇，明明是肥头大耳得让人生厌，或者干瘦轻飘得让人生怕她会第二天消失掉，那路上碰到的人，干吗还非得说几句漂亮话？

会说漂亮话，当然是乡下人的一门很深的学问。想要拿到这门学问的本科学位，那真是难，大部分乡下人，也就是电大或者专科毕业。因为他们太擅妒了，走在串门子的路上，看到人家都穿得整整齐齐，一家几口出来“游街”，免不了就心里难受，失衡，酸溜溜的，所以假若还能在自己的黯然失色面前，拍几句恰到好处的马屁，那真是掏心挖肺一样的难过。我经常见母亲刚刚在拐角处夸完某个男人的媳妇脸色红润有光，走了几步，就“呸”一声朝父亲道：看那蜡黄的小脸，跟得了肝炎似的难看！父亲听了骂她：你嘴里能吐几块象牙出来不？不会说话就别说！母亲白父亲一眼：你们男人懂个屁，就知道闷头干活，也不看看人家媳妇过的什么日子，我和孩子又跟着你过的什么日子！眼看着一场世界大战就要开始了，多亏迎面又走来一家串门子的熟人，母亲这才马上转变频道，将脸色打到笑眯眯的档位上去，对那小孩子道：哟，这么大了，看她妈将她养得多水灵多标致，简直跟年画上的那个胖姑娘一样。那对面被夸的人，也当然会不失时机地掏出几句储备的好听话，赞叹我道：哎呀，你家姑娘真是大了，瞧这俊俏模样，跟她娘一模一样，将来啊，肯定能嫁个好人家。母亲这次是心里加了蜜一样了，一个劲地谦虚道：哪儿呀，将来能否考上大学还不一定呢，那好日子啊，也不知道咱能不能给攀得上！不过呢，今年她倒是争气，给挣回来三个大奖状！对面的女人当然会接着奉承：哎哟，这么厉害啊！不过这句话说出来，就有些浓浓的醋意了，因为他们家的孩子，正跟我同岁呢，一个奖状也没捞着，所以正戳着女人心里的痛处，免不了脸色有些不好看。好在大家都打个哈哈，就过去了。不过我猜想一拐弯，那对夫妇就会跟父母一样，生出一通争吵来。那争吵是被父母给传染过去的，而且会继续点燃了，传染给下一对路过的男人女人，直到噼里啪啦，将全村人的平淡生活都给引爆了。

我当然是哪儿也不愿意去的，但每年都会被父母给绑架着，去他们不敢忘记或者不得不登的三宝殿。我的羊角小辫成了冲天炮，以一致对外的姿态，耀武扬威地表达父母这一年到头的昂扬生活。作为必须完成的一项任务，我相对更乐意跟着母亲串门子。因为父亲所去的人家，男人们总是板着脸讨论国家大事，好像那国家大事需要他们忧心忡忡地讨论一样。我不得已老老实实地站在父亲身边，像年画上的童男童女，安安静静地听着这个村子里男人粗重的呼吸。我有些无聊，想要离开父亲，出去溜达一圈，却还没有离开一步，就被父亲厉声给呵斥住。这一声呵斥，也唤醒了进门前答应只待几分钟的父亲。他看看墙上的挂钟，知道这次是待得长了，国家大事再讨论下去，也还是没有结果，可是他一上午串完的亲朋好友，却实在太少。

父亲醒悟后，我的生活便更加乏味。重复着进门高喊叔叔婶婶大娘大爷，而后像看家狗一样被拘囿住了的程序。父亲却好像对此津津有味，跟那些平日里总是会生出争吵的叔婶们，此刻全都消了仇，一个礼节都不少地拜见过去。遇到年长的老人，还会拉上我，一起跪在冬天冰冷的泥地上叩头。我一直不记得到底是叩几个头，反正是有父亲在旁边给查着，我只管放心叩，不用担心叩多了，将活人给叩成了死人。男人们除了回忆总结一年来的工作大事，还会讨论明年的发展进程。父亲总是指点江山型的，而后在走出门去的时候，又将一切给忘记，并在进另外一家门前，重新唤醒对江山社稷的激情。

反正是要将整个家族给串完，才能完成父亲的任务的。家族里的故事，是最无聊的。我不喜欢跟那些幼稚的小孩子们玩，况且他们一个一个长得乏味得很，一开口就一副粗俗相，我懒得搭理他们，宁肯老老实实地依偎在父亲身边，做他口中得体大方的有教养的孩子。一般家里此时总是见不到女人，因为她们早就打扮簇新地跑出去了。男人们有些被束缚惯了，反而忘记了如何过自由自在的生活。茶水总也泡不开，冲出来，茶叶在杯子上面打着滚，却始终不肯沉下去，摸一下，那水原来是温的，只顾着说话，竟然烧完后给忘了冲进暖瓶里去。糖块、瓜子也只慵懒地堆聚在一起，被忘了它们原来是属于小孩子的。只有父亲不知要说些什么的尴尬时刻，他才会跟我抢食，抓上一把，噗噗地熟稔地嗑着。清扫干净的地上，很快铺了薄薄的一层，好像女人们略施的胭脂，只是并不太美，闷闷地匍匐在地上，随时准备逃跑的样子。

父亲谨遵男人们的条律，一定要坐够了时间，谈完了国家大事，才肯起身告辞。这也是我讨厌跟父亲串门子的原因。而跟着母亲就完全不一样了。母亲是要将整个村子都在一天里串完的架势，拉起我，从这一家，快速转战到另外一家。每一家的停留时间，不过是在寒暄客套、比拼、吹捧、嫉妒之后，便毫不客气地离开了。而在这短短的时间内，我的衣兜里快要盛不下瓜子与糖了，不得已在出门后，将收缴的战利品全部转移到母亲的口袋里去。母亲的口袋大得很，它们隐匿在外套里面，好像专门用来在这一天发挥作用一样，饥不择食地大张着嘴巴，总也盛不满似的，将一家又一家的糖块，全部收入其中。我的外套里面，其实也专门被母亲缝了好几个布兜，可惜我人太小了，容易暴露贪婪的目标，让人笑话我们家穷得要在这一天挣钱一样，所以母亲也只是将少量的珍贵物种——牛奶糖，给放入其中。

我当然是不怕任何人笑话的。但我在那一天，不再是代表我自己，我所有的穿着打扮，都是全家尤其是父母的代言人。我看上去是否体面礼貌，是否称呼路人足够响亮，是否懂得将一切礼节都有条不紊地进行下去，那一定关乎着父母的脸面。他们就靠这一天的表现，在接下来的三百六十四天里活着，假若不小心在谁家给破坏了，那么他们别想逃得掉村人议论的冷漠制裁。那些女人们喷出的唾沫星子，会将我们家的砖瓦房给淹没了。

好在母亲对一切礼节都牢记在心，从不会让我做出有失礼貌的事来。所以那些可怕的女人们，不管如何将我从头到尾地打量审度一番，我终究还是能够圆满地完成任务，并因此收获应该得到的物质奖励。当然，也包括想象中会让我内心炽热的压岁钱。能给压岁钱的，都是近亲，钱并不白给，需要我跪下磕几个响头才能换来。我总是很不情愿地跪下，母亲却迫不及待地将一旁已经跪过好多人的垫子拿过来，朝我使个既温柔又严厉的眼神，便笑眯眯道：今天新年第一天，快跪下给婶子祝贺。我噘着嘴，勉强跪在冰凉的垫子上，并未像母亲那样恋着压岁钱，只一心想着为何这婶子家的垫子，絮了那么少的棉花，难道是怕跪的人多了，他们家会赔钱倒霉？还有那个婶子的脸上，怎么就挂着一层冷霜，嗖嗖地朝我罩过来？而且她的手攥在兜子里，是在掏赶走讨要压岁钱的剪子呢，还是真的如母亲所说，是五块或者十块压岁钱？

我胡思乱想了那么多，到底还是得到了一笔钱。但我并没有多么喜悦，因为一出门，母亲就将我的压岁钱从小兜子里掏出来，连商量的余地也没有，就塞进了自己在棉袄里面专门缝制的秘密钱兜里。

但凡带着小孩子串门子的，十有八九是跟我一样充当父母讨钱机器的。我觉得我们跟电影里满街窜的小叫花子没啥区别，不过就是有爹妈护佑着，讨要得更斯文一些，让人心里更舒服一些。小孩子们见了面，也会打个招呼，有时候还会从正串的人家里跑出来，比一比自己有了多少压岁钱。当然，最后都会加上一句：俺娘说那钱都留给我买好吃的！这一句有些像圣旨一样，让听的人多少有些羡慕嫉妒。我于是便不乐意出门比拼，宁肯看着一大群老娘们将小小的堂屋给挤得满满当当的，又哈哈笑着，兴奋地叨叨着，且不知这样魔怔似的絮叨，何时会有个头。但我喜欢偷偷地退到堂屋的边上，靠近人家卧室的地方，

我没有告诉父亲，那一斤橘子的味道，
我其实一直念念不忘，酸的，涩的，让人忍不住蹙眉的，
但我努力地吃了两个橘子，并咧开嘴巴，告诉父亲，橘子真甜。

掀开帘子，或者推开门缝，看一眼房间里的一切。

我发现每个将堂屋打扫得窗明几净的人家里，总有一个黑咕隆咚的小偏房，那里面大抵都会住着一个老妖婆似的形同朽木的人，那老人也穿得干干净净的，但我知道也只有这一天他（她）会被儿女们打扮一新，摆设一样，坐在被窝里。或许下半身已经腐朽烂掉，可是那让人可以一眼看到的上半身，却是光鲜的，可以见得了人的。于是儿孙辈们在叨叨完家长里短之后，懂得礼节的，会过来探视一下。当然是隔着几步距离，朝床上快要死去的那个人，说几句吉祥话。那老人连身体都欠不动了，我怀疑眼珠子是否还能转动，但依然歪歪脑袋，模糊地看一眼面前笑着贺新年的儿孙辈们。我想那即将死去的老人一定想着，这大概是最后一次看到外面的人了吧，所以心里不免有些悲伤，并因为这悲伤而激动起来。大人们终于害怕了这突然而至的激动，纷纷说几句话，便彼此对视一眼，退出去了。门关上的那一刻，我似乎隔着墙壁，看到了床上的那个老人，在哆嗦着手，解开他（她）的新衣服，那衣服大概是要入棺材时穿的，所以他（她）特别爱惜，不忍再穿下去。而大人们，早已哈哈笑着出了院门，涌入新的一波走街串巷贺新年的人群里去。

这样热烈的串门子，要到晚上，初一的鞭炮零零星星地响起来的时候，才会结束。那时候大人们都被一家一家收集来的好的坏的信息给折磨累了，急需回家坐下来，讨论讨论这一天谁家嘚瑟了，谁家换了新的家具，谁家老人快要死了要搭一份丧礼，谁家压岁钱给得少了。他们聊得那么带劲，以至于桌上的饺子都凉了，也没有人注意。只有我这样的小孩子，剥开一块水果糖，放进嘴里，听着外面不知为何有些孤独的鞭炮声，想着明天又要开始无休止的“走亲戚”，不免有些惧怕，于是赶紧地多吃一块糖，似乎，那多吃的一块，可以帮我抵御一切亲戚的冷眼、碎嘴，或者含沙射影的嘲讽。

我就这样含着一块甜蜜的糖，睡过去了。

走亲戚

在乡下走亲戚，你除了需要备好足够体面的礼品，还得有一张经得起千锤百炼的厚脸皮，随时准备接受亲戚的冷嘲热讽，或者听他们说一些语义模糊却又会让你脸红难堪的双关语。

所以我怕走亲戚，就跟小羊怕见老狼一样。尽管母亲给准备的一提包烟酒糖茶，也不怎么丢脸面，但还是觉得有无所适从的紧张与局促。都说远亲不如近邻，我去胖婶家里玩耍，跟在自己家院子里一样自在，但去姨妈、舅舅或者姑姑家，就百般不情愿，心提得高高的，除非是出了亲戚家门，上了公路，眼看着离自己家越来越近，才会长吁一口气，有犯人离开了监狱的轻松与快乐。

偏偏乡下人最爱走亲戚，就好像不走亲戚，人就偏离了社会、离群索居了一样。走亲戚是人们彼此沟通有无、互相攀比较劲的一种需要。哪家变得富了，有了秘密了，非得去走一趟亲戚，跟那些有这样那样关系的亲戚“说道说道”，才能释放出内心淤积的东西，重新轻松上路。否则，就那些无人分享的喜怒哀乐，也够将人给压死的。

每年走亲戚的高峰期，当然是过年的时候。好像一道过年的程序一样，大家必须要把所有的亲戚都走一遍。漏掉了哪一个，都会成为一个重大事故，被人在接下来的一年里无数次提及，甚至有可能造成彼此断交的危险。所以为了顾及礼节，我和姐姐、弟弟三个人，需要一起上阵，代替父母去走亲访友。倒是大人们自己，不知是为了避免那些无趣的嚼舌根，还是不想让人知道这一年日子过得紧巴，反而据守在家里，招待前来走亲戚的小孩子们，并旁敲侧击地从小孩子嘴里，撬一些八卦听听。

在弟弟没有出生以前，走亲戚的任务，基本上都属于我和姐姐。姐姐骑车，后面载着我，前面带着母亲准备好的礼品，晃晃悠悠地就出了村子。那礼品里，必备的是“一刀礼”，也就是新鲜的猪肉，猪肉都是年前就割下的，常常送给第一家亲戚后，过上个十天，兜兜转转，又回到了自己家里。母亲眼尖，不用在那刀礼上做记号，就能够看出是不是我们家的。万物守恒，其他诸如红糖啊饼干啊鸡蛋啊，最后也会换来价钱相差无几的其他礼品。所以走亲戚，那礼品换来换去，也不会太过吃亏，不外是你的给了我，我的给了他，他的又转给了你。唯一越走越多的，是各家各户一年来积攒的八卦消息。真真假假的，听了来，琢磨一阵，再找人考据求证一阵，也就大致知道了彼此的近况。

乡下人似乎家家户户都有七大姑八大姨的，而女人无疑是世界上传播速度最快的“小报”，也因此，我最怕被她们盘根问底地“审讯”家中大事小情，把握不好母亲口中的尺度，抖抖索索地就将那秘密的导火线，给哗啦一声扯开了头，结果，好的坏的黑的白的，全倒了出来，以至于回了家，被父母一盘问，免不了挨一顿骂，骂我不知道察言观色，怎么就没将亲戚家的信息全套回来，倒是把自己家那些见不得人的事，全给说漏了嘴！

所以带着父母的重大任务去走亲戚，跟外交使者一样紧张，嘴里吃着亲戚家做的好吃的，心里却哆嗦着，该不该将亲戚的问题照实全答。招待我和姐姐的亲戚也谨言慎行，怕一不小心，我们就会说出一些不合时宜的话来，比如借钱啊求办事啊，谁谁要结婚生子考学需要拿一份礼金啊，等等。因为彼此都在琢磨着对方的心思，所以饭便吃得漫不经心，只听得见嘴吧嗒吧嗒咀嚼的声音，和筷子跟碗磕磕碰碰的响声。偶尔一只狗不识趣，跑到圆桌底下找人吐掉的骨头吃，舌头还没碰到那骨头呢，就被主人一声厉喝给赶出了门。狗于是趴在门口，吐着舌头，气喘吁吁地，有些委屈，也有些气愤，不知这平日里慈眉善目的主人，为何忽然就变了脸，生出这般让狗畏惧的面容。那主人大约也有些不好意思，看狗可怜地哼哼着，将筷子里没吃的肉给扔出去，那狗一时有些分神，等肉落了地，才反应过来。主人不悦，骂道：这狗，今天有什么事吧，怎么就反常起来，看着怪怪的呢？这话狗当然是听不懂的，而且狗已经咯吱咯吱地啃上了喷香的肉骨头，根本就顾不上看主人的脸色，所以话中之意，就被吃饭的客人给吸收了去，虽然嘴上跟狗一样嚼着肉骨头，心里却没有狗的单纯，翻来覆去，只想着这招待饭菜的亲戚到底是什么意思，怎么就忽然变得冷淡起来了？

不过这样的冷淡，到送别时，却会转变成高涨的热情。这热情来自于客人提来的一包礼。这礼究竟留下多少，带走多少，是有很大的讲究的。一般说来，留一半，送一半，是基本的规则。但即便大家遵守了规则，还是要来一番虚假的客套。这客套也不知是谁发明的，我猜测跟孔夫子有很大的关系，因为孔夫子最讲究繁文缛节，这一套在没多少知识的乡下人这里，并不缺少分毫。我每次都怕这最后的一个环节，总想赶紧逃掉，不想看母亲跟那来走亲戚的，将一包好像价值连城的礼品推来让去，一个坚持要全留下，一个执拗地要带走一半，两个人各不相让，互不服输。干这事的当然都是女人们，没有哪个男人愿意跟一包糖或者一瓶罐头过不去，只有女人们会斤斤计较这一瓶罐头的价钱，想着上次给这亲戚家送去的那一袋炒糖，这次他们来，应该留下多少钱的东西，才算是不失礼数，且不让来的亲戚觉得此行亏了。有时候两三岁的小孩子不懂父母跟亲戚家的这些虚假的客套，以为他们吵了架，会在大人们的肢体推让里，哇一声吓得大哭起来。这一声哭，是很好的休止符，让斤斤计较的女人们见好就收，也让那一包糖或者瓜子，得到其最终的归宿。

这些烦人的礼数，我完全不在行，但要硬着头皮，被母亲千叮咛万嘱咐地去完成任务。好在我们家亲戚不多，常常走的，也就大姨和小舅家。那些脸面相差无几、让我分不出谁是老大老二老三老四的四个姑姑，被父亲和他的两个兄弟给平分了，每隔三年走一次。我当然还是有大舅和二姨的，只是不知哪年哪月的规定，我们家和大舅、二姨家，逢年过节，再也不走动了。我猜测这是历史遗留问题，基本上也逃不出金钱和礼节等带来的相互误解。据母亲说，二姨是因为搬到县城之后，开商店发了财，瞧不起我们这些穷亲戚，怕我们有事没事就去求他们办事，当然更主要的是借钱，所以主动断绝了与我们的来往，以至于在我的印象里，几乎没有过二姨的影子。我不知道这个跟母亲同一个娘胎里出来的二姨，为什么会这样无情无义地断了交。当然，对我来说，有没有她，都无所谓，我原本就不喜欢走亲戚，少了她，我还觉得过年时轻松了一些，无需在一个不远不近的亲戚家里，枯坐一上午，只为了吃一顿不怎么丰盛的饭菜，留一两包礼物，就完成了过年的仪式。

而我的大舅，也是在即将去读大学的那个暑假，突然才知道了他的存在。好像在此之前，我从未有过大舅一样。想起来，大舅是母亲的哥哥，他们兄妹两个，怎么就落到互不来往的地步，谁也说不清楚。大概各自成家后，彼此琐事增多，儿女成群，也就顾不上这同胞的情谊，于是慢慢走动少了，关系也就淡了，以至于我们这一辈人，连母亲曾经有过这样一个大哥都不清楚。那年高考完后，姐姐带我去大姨家走亲戚，离开的时候，不知怎么大姨就叮嘱姐姐带我去附近大舅家坐上一会。姐姐比我年长，也比我更懂得礼节之类的重要，所以尽管母亲并没有让我们拜见大舅，她还是遵照大姨的指示，在路过大舅家的时候，折进去坐了片刻。大舅有三个儿子，每个都需要他拼命挣钱盖房子娶媳妇，哪一个完不成任务，都是他这做父亲的失职。所以相比起来，他比母亲更为辛苦。我第一次见到他，看着那张跟母亲有些相似的脸，觉得人生真是奇怪，他与母亲的血缘关系，究竟是怎么流落到我们这一代，就忽然间停止了呢？而我跟这个叫大舅的男人的儿女们，更是从未谋面，或者，曾经谋面过，却并不知晓母亲与她的这个哥哥之间，曾经有过互相关爱的兄妹时光。

大舅看到我们，有些诧异，但还是按照礼节，给我们沏了茶水。虽然是孩子，不怎么喜欢喝茶，但那茶水和大人一样的规格，绝不会少上一撮，或者低上一等。当然不是觉得小孩子会品出茶水的味道，而是怕回家后，大人们细细问起，孩子们口无遮拦，说出茶水难喝，让此后的亲戚关系更加恶化。大舅当然没有失礼，很快停下手里的活计，陪我们两个对春种秋收并不在行的孩子聊天。对于已经当了爷爷的大舅的陪聊，我和姐姐都有些拘谨，在大舅一声声“喝茶”的客气相劝中，小心翼翼地一口一口抿着并不知道是什么滋味的茶水，并在大舅提壶给我们续茶的时候，客气地用手护住杯口，连连说几句“不用了，满着呢”。

大约这样持续了有半个小时吧，我用眼神示意姐姐，礼节是不是足够了，我们该回家了吧？还不等姐姐接到我的暗示，大舅忽然就咳嗽一声，小心问道：你们这次来，是有什么事吧？我和姐姐面面相觑，不知道该如何回答大舅的问话。而大舅见我们姐妹保持沉默，又紧跟着加了一句：有事你们说就行。我笨嘴笨舌，也不打算做这样尴尬的外交发言人。倒是姐姐，红着脸说了一句：真的没啥事，就是我妹妹考上大学了，顺路过来看看您。我以为大舅会为我高兴，表示一下微微的羡慕与夸赞，不想，他却“哦”了一声，然后便再没有了问话。

我和姐姐当然很识趣地起身离开了。而那个我之后再也没有见过的大舅，还一个劲地跟在身后，问我们：真的没有什么事了吗？我其实知道大舅是想直白地追问一句：是不是这次来要考上大学的喜酒钱？但到底谁都没有说破。我和姐姐，并未想要去大舅家里讨一百块喜钱，而坚持认为我们无事不登三宝殿的大舅，大约在我们离去之后，还会花费很长时间，想方设法去大姨家打探我们此行的真正意图。

但我其实也并不怎么喜欢大姨。尽管她跟我们家算是走动最为频繁的亲戚，不比那些势利眼的姑姑们，我考上大学了，还要打探那大学到底是否正宗本科，又是不是花钱买的。而在得知我毕业后或许只能当一名普普通通的中学老师后，又百般嘲讽老师是天底下最没出息的职业。不怎么喜欢大姨，我想大概是因为大姨家的两个儿子，都通过考学得到了一份正式工作，而且姨夫还有一笔不菲的退休金，让他们老两口可以比我爸妈过得更为滋润，所以他们也就对我们这样一家穷亲戚，带着一些同情，每次登门拜访，都会让我们家人觉得自惭形秽，或者羡慕嫉妒。这个世界上，大约我们都需要有一家亲戚，可以作为参照，照得出自家的幸福生活。所以每次去大姨家回来，或者大姨家两个儿子从我们家离开，我都会被父母批评教育，大致内容不外是要好好学习，赶超姨哥之类的话，我为此要在家里埋头苦学三天，才能逃得过父母苦口婆心的教导。而在我当初究竟是考高中还是中专的选择上，因为没有听从大姨一家的劝诫，读了高中，大有超过两个读了中专的姨哥的野心，而被他们指责，并因此让我生出不考上大学就被大姨家看笑话的压力。

在我一级一级地从本科到研究生再到博士的读书过程中，一直伴随着母亲与大姨的比拼。她们姐妹两个，从比拼当初的婚姻，到比拼各自的儿女，再到儿女的工作与婚姻，始终没有停歇下来。

我因此借着在外面读书就业的原因，很少再去大姨家走亲戚，并最终习惯了从母亲口中得到他们零星的消息，而丝毫不想亲自去看上一眼，他们的生活，究竟是怎样的状态。我与整个家族中最后一个亲密交往的亲戚，在嫁到千里之外的他乡之后，终于只剩下藕断丝连的一点关系。

从母亲口中听来的关于亲戚的消息，在远走他乡之后，似乎都是关于疾病或者死亡；好像一个亲戚没病没灾，就会被人遗忘。只有他们忽然间生了变故，与之有血缘关系的人，才会意识到生命中曾经有过这样一个人，跟自己的家族，有着这样那样的关联。母亲会代替整个家庭，去给那个病入膏肓的亲戚提一些礼品，表示慰问；或者在丧礼上，去烧一些吊纸，感叹一下过去曾经有过的恩怨，而后便将这个亲戚锁进了记忆的仓库，除非闲聊提起，这个亲戚自此很少再会进入我们的生活。

生命在乡下，大约跟田间地头的草一样廉价。而那些贫穷的功利的爱挑拨离间的亲戚们，他们见证着我们的衰败颓唐与荣华富贵；我们也同样折射出他们鸡零狗碎、潦草随意的一生。害怕我和姐姐登门拜访的大舅，几年前死于癌症，死前儿子与媳妇怕传染，将他一个人丢在破旧的小屋里，连一杯水都喝不到。我的某个欠钱不还并因此怕我们登门讨要的姑姑，也在忙完儿女婚事后，累死在农田之中。另外一个每年都因碎嘴而让父母吵架的姑姑，则死于一场意外的事故。对于我，他们的生命犹如飘摇的庄稼，倒下之后，便化为模糊的麦子、玉米、稻谷或者高粱，被装进了记忆的瓮中。对于父辈，他们更是炊烟一样，被风吹过，便消失不见。日子在他们离开人世之后，依然琐碎地过着，好像，在这个世界上，从未有过这些亲戚的印记。

或许，也只有我知道，他们曾经在我的成长之中，烙下怎样无法去除的印记。卑微的、贫穷的、尴尬的或者辛酸的印记。

上　学

阿秀喊我去上学，我正光着脊梁骨在饭桌前吃饭，还眼泪汪汪的。那眼泪是刚刚被父亲罚背乘法口诀遗留的屈辱痕迹。我借机要逃走，父亲却在身后插了一刀：再不好好学习，等我去村东头找你们孔老师，让她在课上揍你！我吓得差点尿了裤子。可是在阿秀面前，又不好说什么，便飞快地扒拉完面条，嘴里嗯嗯啊啊地胡乱答应着，穿上背心，拎起母亲缝制的破旧书包，便跑出了家门，连阿秀是否被落在了家里，都不知道。

那孔老师好像千年妖怪一样，总也不会死。她教完了父亲那一茬人，又教我这一茬。村子里好多人都是她的学生，她因此便有了某种打人的资格。而且打了学生，没有一个敢反抗的。就连家人，将孩子交给她的时候，都要特意叮嘱一句：不听话，您就好好打！她当然是真打的，而且一点都不含糊。她那桃木棍做的小教鞭，敲黑板震天响，她的嗓门，也比雷声大。而她打起我们的手心或者脸蛋、屁股来，简直是监狱里在上刑。哪个家长要是敢说她打得不对，在村子里就别想做人了。大人们都说，小孩子不打不成器，孔老师打得好！

我知道盼结束上学的日子，是盼不到头的。这孔老师是个全知全能的人物，她能教一到五年级，批改一屋子的作业，有时候我们一年级和三年级的在一起上课，每个年级占一排桌椅，密密麻麻的，倒也挺热闹。

冬天的时候就更热闹了。孔老师规定，每两个人值日一天。于是这一天，我就会和阿秀从家里早早地起床，带玉蜀黍棒，赶到滴水成冰的教室里，哆哆嗦嗦地划着火柴，将烂树叶子、朽木棍子、玉蜀黍棒先点燃了，再慢慢地朝炉子里放炭。也不知我和阿秀到底是谁更笨一些，每次跟她合作，都得点个三四次，将教室里弄得乌烟瘴气的，才能将炉火给旺旺地撩拨起来。趁着同学和孔老师还没有来，阿秀瞅瞅四周，神奇地从兜里掏出一个地瓜来，而后放在炉子底下，用落下来的炭火碎末来烤地瓜。我问阿秀是不是前一天下井了？否则怎么掏挖出这么新鲜的地瓜来？阿秀得意：下井拿地瓜的活，都是我妹妹干，我只不过是让她帮我藏了一个，放在书包里罢了。我闻着那渐渐开始冒出香气的地瓜，有些后悔自己没从家里带花生或者粉皮来烤着吃。我们两个人还围着炉火，边烤手边唠起嗑来，内容从烤地瓜到煮的地瓜干，再到豆扁子咸糊涂，还有家里腌的咸菜疙瘩，就连糊锅的时候锅底上的干疙疤也好好地描述了一番。最后两个人说的有些困了，便趴在桌子上睡过去了。

等我们醒来的时候，孔老师的教鞭已经恶狠狠地敲了过来。我忽然间想起地瓜来了，却并没有寻到那浓郁的香甜味，等到快要下早自习的时候，才从阿秀传过来的纸条上得知，那可怜的地瓜，已经被孔老师给扔到冰天雪地里去了。我的心顿时跟那地瓜一样，冻成了一块冰疙瘩。

好在早自习并不太长，老和尚念经一样摇头晃脑地读完了课文，我们便排着队唱着歌回家去吃早饭。我在路上跟阿秀探讨，那个地瓜会不会被孔老师给拾回教室去，重新烤烤吃了呢？阿秀刚要说话，前面的领头羊大队长便来吼我们：走齐了！唱响亮一点！我只好忍饥挨饿，高唱《学习雷锋好榜样》。不过这样的“酷刑”，等一拐过冲着学校的大道，便再也没用了。我和阿秀率先冲出队伍，奔回家去。母亲早就在村口等着我了。她见我一副饿虎扑狼的模样，便训我：读书如果跟吃饭似的有能耐，你娘我将来也能跟你享福了！我心里想，等我像村子里三祥一样当了工人，一定让你天天吃香的喝辣的！不过人家三祥是“接班”的，子承父业，还因为当了工人地位高，领回来一个烫了爆炸头的漂亮媳妇。我呢，将来当了工人，会不会给爹娘领回一个穿喇叭裤的“二流子”来？不过那事想来太遥远了，什么时候能够摆脱孔老师的教鞭还不一定呢，母亲她想让我当工人，也想得忒远大了点。

早晨的烦恼，转瞬即逝。下午五点去上晚自习的时候，我和阿秀都从家里带着煤油灯。我多长了个心眼，从家中大瓮里抓了一把黄豆放兜里藏着。等晚自习上到一片灯火通明，孔老师也有些被煤油灯烟给熏得鼻孔透不过气来，微醺着脑袋去了办公室喝水，我们便开始肆无忌惮起来。我取出早就洗干净的放清凉油的小瓶盖，那瓶盖上拧了一道铁丝。我将几粒黄豆放到瓶盖里，然后便老头钓鱼一样，悠闲自在地持着那铁丝，在煤油灯上晃来晃去地烤着。烤料豆的当然不只是我一个人，于是教室里便充溢了浓浓的豆子或者玉米的香味。阿秀凑过脑袋来，咽了几口唾液，问我：啥时候能熟呢？千万别再被孔老师给没收了。我白她一眼：不能说点吉利话吗你？阿秀吐舌头：没事，她要来了，不熟我也吞肚子里去！

那料豆当然最后还是烤熟了的。于是我们的自习，便上得有滋有味。吃完了料豆，自习也就结束了。阿秀早就将挖来的朽木，分给我一块。她还很贴心地在上面抹了一层蜡烛油。于是放学的路上，我们便寻到了另外一种乐趣。一路上那黑幽幽的麦田，也不再那么可怕。一群人举着火苗很旺的朽木，唱着歌回家去。歌当然不再是领唱的，都是自己胡乱哼的欢快小曲。大队长也不再施展他的威风，他家离得远，为了能在没有路灯的村子里一路畅行，他还得向我和阿秀讨好，求我们多分给他一点朽木疙瘩用。阿秀有时大方，我却永远都对他小气，不给，就是不给！反正下学期他就不当大队长了，我怕他做什么呢？

再长一岁，我们就不再这么幼稚地排队回家了。不过歌还是要唱的，只不过是在小小的校园里，由孔老师的儿子来教。孔老师的儿子是在部队当兵回来的，人长得年轻帅气，而且不像孔老师那样，天天被人欠了钱一样板着脸，所以他立刻风靡了整个校园。就连看大门的大爷大娘夫妻俩，也被吸引来，看我们在花坛前声情并茂地唱歌。他唱歌那么好听，以至于一首斗志昂扬的革命歌曲，在我们听来，跟浪漫情歌一样悦耳动听。小女生们都被这个大哥哥给迷倒了，教我们唱完了歌，还不肯放他离开，都哗啦啦地围过去，哥哥长哥哥短地叫个不停。我人好面子，就远远站着，看他眉飞色舞地当着老师。我有些嫉妒，尤其看一向羞涩的阿秀，竟然也泥鳅一样挤进了人群，就更加的不悦。班里的文娱委员明明，站在最前面，一脸崇拜地望着军人哥哥，嘴唇微微张着，好像要亲上去了一样。我忽然间生了气，丢下被人群挤得东倒西歪的阿秀，冲进了教室。我要将送阿秀的铅笔刀拿走，而且再也不给她了。我想。

好在孔老师不平凡的儿子很忙，不会天天来教我们唱歌。

所以我跟阿秀的友谊，也就微微挣了一下，又恢复如初。而且，更好的一条消息是，孔老师不再跟我们一直教到五年级了。新换的班主任老师，虽然也姓孔，却心宽体胖，每天乐呵呵的。我于是一下子有转世投胎、重新做人的感觉。那时我的作文开始稍见成色，于是忽然间从备受冷落者华丽转身，成了班主任眼里的香饽饽。

为了区别两个孔老师，我和阿秀私下里叫教低年级的为老孔，教我们高年级的，当然就是小孔了。小孔老师其实也已经三十岁了，而且，她的儿子孔磊磊没有考上初中，于是留了级，跟我们做了同班同学，兼我的同桌。小孔老师对我偏爱，自然将自己的爱子安插在我的身边，一为互相帮助，二为我能帮她监督这个贪玩的儿子。不过，做老师的眼线并不是想象的那么美好。比如因为走得太近，假如忽然间发现了小孔老师的瑕疵，到底该不该跟她的儿子孔磊磊说呢？

事情发生得有些突然，让我没有做好准备。午休的时候，班里的学生都将带来的麻袋铺在教室的红砖地上睡觉。很快周围就起了一片香甜的鼾声，我觉轻，听着那些鼾声，怎么也无法入睡，于是便偷偷地透过指缝观察身边的动静。我先观察到的，就是用课桌拼接起来的“床”上，胖胖的小孔老师的屁股。那屁股因为离得近，像被放大镜放大了一般，看上去愈发地丰满硕大。我闲得无聊，正研究着小孔老师红裤子里面会有什么颜色的三角内裤，校长忽然就走了进来。我知道校长是来检查午休的，就赶紧假装睡着了，将手蒙得更严了一些。但还是克制不住好奇心，我跟着校长的黑布鞋，观察他双脚的运动轨迹。很快，那脚在教室里走了一圈后，停在了小孔老师的身后。

我顺着校长的双脚，一点点朝上看去。就在我将眼睛落在小孔老师屁股上的时候，我们天天一脸威严的校长，竟然，用右手亲昵地摸了一下小孔老师又圆又大的屁股！我被校长的这一举动，给吓坏了。我不知道该怎么办才好，只好将眼睛紧紧地闭上，假装什么也没有看见。可是，我明明都看见了，而且，我还听见小孔老师含羞带嗔地叫骂了一下。小孔老师跟校长打情骂俏，那么他们之间肯定发生过什么！我迅速地在脑子里这样总结判定。

校长很快就离开了教室，可是我的心里，却被这个天大的秘密给憋得快要疯掉了。但我谁也不能够告诉，连阿秀也不行，因为我怕她会快嘴快舌地转给孔磊磊，并引发一场学校大战。我就这样每天坐在孔磊磊的身边，看着他的妈妈小孔老师，在讲台上眉飞色舞地讲课，因为胖，全身的肉都跟着眉眼晃动。我心里的那个秘密，也这样不安地晃来晃去。我还害怕见到穿黑布鞋的校长，听到他在校园里，跟几个老师谈论找学生收割麦子的事情，我就怕，好像他要将知晓秘密的我，用镰刀给收割掉一样。似乎一下子，我在这个小小的校园里，就有了校长、小孔老师和孔磊磊三个强大的敌人，他们虎视眈眈地窥视着我，监控着我，让我焦虑，也让我心惊。

可是那个秘密，却好像长了翅膀，自己从我心里飞出去了。我常常看见几个老师在小孔老师走过后，站在一起窃窃私语，还很诡异地笑着。而校长脾气也有些怪异起来，升旗仪式上，总是在国旗下将我们大骂一顿。小孔老师呢，也在某一天，忽然间脾气暴躁，一上课，就气汹汹地检查我们的背诵，而后在孔磊磊背不出一首古诗的时候，啪一下将黑板擦摔在了地上，并飞快地朝我走过来。我吓坏了，不知道怎么办才好，身体完全无法挪动，好像被钉子钉在了地上。我想小孔老师会不会杀了我？如果她一巴掌打过来，我是逃走还是立在原地？如果她联合校长将我开除了呢？就在我胡思乱想的空当，孔磊磊忽然间站了起来，并朝教室的后面跑了过去。而小孔老师则顺手操起我和孔磊磊一起坐的长板凳，追了过去。我的屁股被无意中抽离了板凳，只觉一空，扑通坐在了地上。当然没人看我的笑话，大家都大气不敢出一口，紧张地注视着小孔老师在教室里追着孔磊磊跑啊跑，跑得两个人都气喘吁吁，却找不到什么理由停下这场悲情表演。最后，是小孔老师跑不动了，一屁股坐在了讲台上。而孔磊磊呢，则趁机溜出了教室，跑出了校门，右拐躲进一墙之隔的大队办公室去了，那里有他天天用大喇叭广播村里重要消息的爷爷。

小孔老师也就在这时候，开始哭了起来。她哭得伤心极了，好像我们都能够懂得她的悲伤一样。我想她一定不是因为孔磊磊背不上来古诗才这样气急败坏的，她其实跟我一样，被那个校长摸了屁股的事儿折磨得心力交瘁。可她又和我一样，谁也不能说。她就那样一只手捂着半边脸哭啊哭，哭得眼睛都红肿了，一节课也快要上完了，这才慢慢止住了。

我们都以为小孔老师什么也不说，就夹着课本走出去了。但她将头一昂，又恢复了昔日的气势，用教鞭指着我们骂道：你们一个一个跟孔磊磊一样不是什么好东西！我用板凳砸他，你们竟然没一个站出来拦着，都瞎眼了啊！你们以为我愿意砸他啊，我砸我儿子我心里难受得很！你们这群忘恩负义的家伙，等小学毕了业，肯定都是白眼狼，一出门就将我给骂死……

小孔老师就这样说啊说，跟之前的哭啊哭一样无休无止。以至于下节课的数学老师已经站在了门外，有些不耐烦地抽着烟等着，就差踹门进来了，她还不肯停止叫骂。是上课铃声烦躁地催了第二遍，她才朝我们丢下一个白眼，气呼呼地走出了教室。

我一直怀疑，那个秘密是被我无意中在午休的时候，睡梦里说出去的，又恰好被谁给听去了，然后才瘟疫一样传遍了整个校园，包括村子。我也因此惶恐不安，怕小孔老师射过来的每一个意味深长的视线。直到有一天，我们拍了毕业照，大家纷纷作鸟兽散，所有的惧怕，也跟着打包带回家去的书本文具，一起离开了校园。

而小孔老师，作为民办教师，和老孔老师一样，也跟着我们，一起离开了喜怒哀乐许多年的校园，重新成为村子里耕作土地的农民。

接　生

母亲做赤脚医生这一行当，是跟我一远方的爷爷学的。那时母亲年轻，长得好看，在周围村子里东奔西走，免不了有些害羞。而且她也认识了父亲，觉得女人家每天去外村抛头露面终会让人风言风语，所以干脆将“事业”驻扎在村里，跟做了一辈子接生婆的张婆婆学习接生，并很快接了她的班，成为我们村新一代的接生婆。那时，母亲不过刚刚生完姐姐，而我，尚未在这个世界上存在。

接生婆在女人们热衷生孩子的二十世纪七八十年代，看上去是一门出力也讨好的活计。好像现在的某个肥差，有油水可捞。至少每次母亲花费一晚上接生完后，生了孩子的人家，会在第二天提了一书包的东西来感谢。那书包里装了染成胭脂红的鸡蛋、红糖、饼干或者面饼。我最喜欢吃的是面饼，在薄薄的鏊子上摊成的面饼，纸一样铺开来，而后洒上红糖或者白糖，卷起来，咯吱咯吱地，香甜极了。我吃这些的时候，完全想不到那个刚刚出生的婴儿，还有婴儿家里的悲欢。我只觉得那是母亲挣来的好吃的，至于大人们聊起的女婴母亲的哭泣、婆婆的叹息，都是无关紧要的事情。若是男孩呢，母亲这一天也会跟着兴高采烈似的，说什么都高门大嗓的，而且会到大街上走上一圈，作为“新闻部发言人”一样，将某家生了一个男孩的消息，第一个传递给全村的人。一夜没有好好休息的母亲，似乎毫无疲惫，而我也跟在母亲的屁股后面，听她跟女人们聊起接生时种种惊心动魄的细节。

生了男孩的人家，送的礼物要好得多，有时候还会有几尺好的布料，我会央求母亲将布料给我做成短裤或者衬衫，而后跑到学校里炫耀一番。同龄的伙伴里面，阿秀是母亲给接生的。阿秀因此总是怯着我一分，我穿了新衣服去学校，她会第一个跑来称赞漂亮。我也得意，孔雀一样在阿秀面前转上一圈，而后话也不说一句，就蹦蹦跳跳地跑开了。

我知道很多与阿秀有关的秘密，而这，是阿秀最不愿提及的。比如母亲告诉我说，阿秀生下来的时候，瘦得吓人，她妈差点就不想要她了。因为阿秀的上面已经有了三个姐姐，所有人都盼着阿秀会是一个男孩，结果还是个女孩，以至于阿秀满月都没有给过，只象征性地染了几个红鸡蛋，给母亲送了过来。那时母亲也正怀着我，为了给阿秀的母亲接生，在牛棚里蹲了一夜没有合眼。阿秀家穷，为了避开男人们，只能将阿秀母亲给抬到牛棚里去生。牛棚里到处都是蚊子，我在母亲肚子里，大概也觉得又痒又困，不耐烦地胡乱踢腾着母亲的肚子，让母亲头晕脑涨，有些支撑不住。

所以阿秀一不听我话的时候，我就会吓唬阿秀，要将她出生后全家都不高兴的事情张扬出去。阿秀被我一吓唬，就害怕了，乖乖地听从我的命令，比如上学的时候记得喊我，放学的时候也要等着我一起回家。晚上没有蜡烛了，会分我一块朽木，又帮我滴上蜡烛油，而后点上火，照明回家。

为了阿秀肯跟我做更长久一些的朋友，我常常会刨根问底地让母亲给我讲一些关于阿秀出生时的故事，这种欲望比我对自己出生时的了解还要强烈。好像我得知了阿秀的出生，便能够洞穿她的一生一样。更何况，阿秀的出生，紧连着我的呱呱坠地，我们一前一后，抵达这个世界的时候，或许早就在娘肚子里，便有了某种隐秘的约定。

阿秀的母亲怀她的时候，据说是求了送子观音的，母亲跟阿秀的母亲交好，两个女人都希望肚子里的孩子，会是一个

“带把儿的”。阿秀母亲还说，如果我的母亲能给她接生到一个顶梁柱，她会多给我家送一篮子鸡蛋。我们家当然是不缺这一篮子鸡蛋的，所以阿秀也就没能让她娘如愿以偿地争一口气，照例在生完阿秀满月后，就下地去收了玉米。至于阿秀家给挺着大肚子接生的母亲的报酬，是一篮子白面饼，外搭配几个可怜的小鸡蛋。我猜测那省下来的鸡蛋，连阿秀母亲也未必能够吃上，全让阿秀奶奶拿去换油盐酱醋了。阿秀奶奶小脚，会过日子，就连母亲去接生，都没有一杯茶喝，一晚上只不断地添着白开水。我在母亲肚子里都觉得寒酸，用脚丫子发出抗议了，阿秀奶奶照例颤悠着一双小脚，在院子里忙来忙去，始终不给母亲一点吃的，好像母亲不是给他们家免费干活的，而是来讨要吃喝的一样。阿秀奶奶厉害，阿秀母亲怕她，在没有生出男孩之前，别指望阿秀奶奶会高看一眼。当然，连带对母亲这接生婆，也跟着存了疑，不知技术是高超还是低劣。

结果当然证明，母亲的接生等级，是不值得嘉奖任何多余的物质的。尽管阿秀难产，差一点胎死腹中，连带她娘也送了命，若不是母亲紧急施救，完全不顾自己也即将生产，阿秀家就失去了未来的两个女劳力。

阿秀还没有出满月，我就紧跟其后，来到了这个世界。给母亲接生的，当然是她的老师，那个满头白发的老太太，被尊为村中祖师爷一样高的位置，不仅仅是因为她年龄大，更主要的，是村子里比她小十几二十岁的男女老少，几乎都是她亲手接生的。在乡下，接生婆的位置，如果混到全村男女都出自她手的级别，便可以坐享其成了。即便已经不再出山，也照例会有人过年过节的时候，给提了好吃好喝的过来，一为拜寿，二为感谢。那年月大家不怎么相信医院，不像而今，好像生孩子是世界上的头等大事，一定要医生过目且收下红包了，家人才会放心。那个年代，生孩子跟牛生牛犊、羊生羊羔一样，既不稀奇，也不困难。似乎女人们蹲下屁股，一使劲，就能将孩子给拉出来了。尽管有难产案例，但最后一样将那一坨肉给整了出来。

而我的出生，大约因为母亲在给阿秀母亲接生时，耗费了太多的精力，以至于母亲有历经九九八十一难的痛苦，才虚弱地将我带到这个世界。用母亲的话说，应该跟阿秀一样，也算是难产，差点要了她的命。当然多亏母亲师傅医术高明，挽救了母亲，更挽救了我。

所以在这一点上，阿秀母亲欠我们家一篮子鸡蛋，阿秀也欠我的。我在她的屁股后面出生，也注定了她要成为我的跟屁虫，用时不时的讨好，来堵住我听来的那些内幕与秘密，防止它们更广地扩散开来，让她伤心难过，在人前没有面子。

我无法得知自己出生时，母亲的疼痛有多么剧烈。但我记得清晰，我的一个小妹的出生，带给我的慌乱。那年我也就六岁吧，是一个夏天的风雨之夜。我不知道是不是所有的不好的故事，都发生在风雨交加的夜晚，但我至今对雨夜格外敏感，听见雨声，便会想起那晚小妹的哭声，母亲痛苦的呻吟，还有接生婆的叹息，以及前来等着抱走孩子的远方亲戚欢喜的模样。在我出生以后，父母便希望再要一个男孩。事实上，他们大约希望我能是一个男孩吧，这样便会停止继续造人的脚步，将更多的精力，用在改善家中经济条件上。可惜，我这么不争气，没能让母亲在人前显得体面一些，有荣耀一些，他们也只能继续努力造人。大约，小妹还在肚子里的时候，父母就已经预感到了她是一个不能传宗接代的女孩，所以就给她安排好了去向，让远方一家没有女孩的亲戚，在生产的当天来到我们家，等候小妹的出生。当母亲在床上疼得翻来覆去的时候，我坐在隔壁的床上，紧张得不敢喘气，怕一喘气，母亲就没有了，那个肚子里的孩子，也没办法安全地来到这个世界。我尚不知远方亲戚来家的意图，却朦胧中感觉到不祥的征兆，似乎，他们会带走什么。

小妹呱呱坠地的时候，我听见接生婆叹息：又是个女孩。一个“又”字，让我觉出自己生命的低贱，似乎，父母一个又一个地生育孩子，而不顾更好的生活，完全是我和姐姐的错误。我们无法完成传宗接代的任务，不能让父母在人前骄傲地抬起头来，不能让他们老去后有所依靠。我甚至难过地用被子蒙上头，不想听小妹的哭泣。当然，我也没有听多久，小妹就被远方亲戚给包裹好，冒着雨夜，坐车离开了。

是的，小妹是坐车离开的，她似乎比我生活优越。几年后我跟随父亲去她的家，她对我一无所知，我却嫉妒她幸福的物质生活，甚至想，那时母亲要是将我送给有钱的远方亲戚家多好，既因为家里没有女孩而备受宠爱，又因为生活富裕而可以得到我无法企及的梦想中的一切。我记得回来后我还难过了许久，而母亲在听父亲讲述那个跟我长相极其相似的小妹的琐碎后，躺在夏日的凉席上，忽然就抱住了我。我依偎在母亲的怀里，感觉到母亲和我一样，那一刻，孤独极了。

几年后，我又历经了一个陪伴母亲临盆的夜晚。那是弟弟的出生。接生的依然是村子里那个德高望重的老太太，整个过程，她都有说有笑，似乎已经十拿九稳，这次会是一个给家族带来荣耀的男孩。老太太无疑是接生婆中，心理素质很好，且能稳妥地控制产妇情绪的心理医生。她时不时地用一些笑话，逗引疼痛中的母亲。那些故事，让母亲身体的疼痛减轻，不知为何，却让我觉得有些难过。好像那一刻，我成了这个世界上多余的人。父亲在帘子外焦急地等待，并用不停歇地做家务，忐忑不安地迎接上天的又一次安排。我一个人躺在床上，听母亲低一声高一声地呻吟着，好像有很多的针扎进她的身体，让她无法忍受。说起来，这已经是母亲第四次生孩子了，但与我一样疼痛点很低的她，依然像第一次生育一样，说着一些“以后再也不生了”之类的胡言乱语。接生的老太太不管母亲说什么，都始终乐呵呵的。我想大约母亲打老太太几个拳头，神思混乱中再骂她几句，她也会好脾气地坐在床沿上，握着母亲的手，给母亲最强有力的安慰。

母亲在那一刻，会不会想到我的姥姥呢？我不知道，也从未见过生育了母亲的姥姥。我只知道母亲还未出嫁，姥姥就已经去世。母亲从此很少回到自己的故乡；尽管，她的故乡距离父亲的村子，也不过是一个小时的车程。二十多年后，我也有了自己的孩子，在最疼痛的时候，我想起了母亲，也忽然间明白，母子连心，母亲的疼痛有多剧烈，她思念故乡和姥姥的欲望，便有多么强烈。

弟弟响亮的哭啼划破夜空的时候，我听到满屋子的人都在说笑。姐姐已经在我身边睡过去了。我下了床，悄无声息地掀开帘子，看到母亲满身大汗地虚弱地躺在床上，她的旁边，是一个浑身皱缩如核桃一样的婴儿，那是我的弟弟，因为他是男孩，从此便有了与我不同的命运。忙碌中，那老太太抬头看到我，笑道：丫头，你要是个男孩，就不会要你弟弟了。我听完这句，心里酸酸的，有些难受，眼睛里有什么东西，拼命地要涌出来。我用力吸了吸鼻子，但那眼泪还是很没出息地流了出来。

八十年代开始的计划生育，并未阻挡村人高涨的生育热情。偶尔有来找母亲堕胎的，要么是孩子太多了，实在养不起；要么是有了两三个儿子，这辈子够忙活着给娶儿媳妇的了。某年夏日夜晚，邻村有一个男人，骑自行车带着媳妇找母亲堕胎。记忆中男人有年轻帅气的面容，他跟父亲在院子里聊天，都是些轻松的话题，关于粮食关于庄稼关于收成关于天气，他们还在煤油灯下笑起来。那笑容被灯光晃着，有些诡异。我避开他们，假装去房间里拿蒲扇，而后悄悄掀开了帘子。我看到昏黄的灯下，母亲将一个细细长长的东西，伸进女人两腿之间掏挖着什么。地下的盆子里，有血肉模糊的一团，好似骇人的眼睛，惊恐地瞪视着我。床上的女人，像生育小妹时的母亲，疼痛地喊着，那喊叫是压抑住的，好像怕什么人会将她带走一样的压抑。而母亲，则成为她的师傅，温柔地安慰着女人，那种耐心与温柔，让我甚至嫉妒躺在床上的女人，她竟然比我命好，可以让母亲如此柔声细语地与她说话。

女人堕完胎后，只是休息了片刻，便趁着夜色，坐了男人的自行车消失掉了。这些堕胎的女人，我很少见她们会提什么喜庆的鸡蛋送给母亲。母亲在此事上，似乎也有十二分的同情心，从未计较过什么，好像她就是乡下乐善好施、有求必应的菩萨。她甚至在每次堕完胎后，会心情抑郁上几天，路过那团连人形也没有长成的被埋在门口的血肉，发出一声长长的叹息，而后低头走过。

我知道母亲在那一刻，是想念某一年，她因为超生，被妇女主任拉到医院，实施节育手术并流掉的某个不知男女的孩子了。

村子里究竟有多少孩子呢？我始终没有数清。我只知道母亲在接生完一个又一个的孩子之后，忽然有一天，因为大家有了钱，要去医院接受更好的接生待遇，而被村人们渐渐遗忘。我们家的红鸡蛋和白面饼，也慢慢地稀少，直到有一天，终于没有人再想起母亲这位乡村里的接生婆。她接生的过往，也随了老去的村子，成为只有我还清晰记着的传奇。

糖块、瓜子慵懒地堆聚在一起，被忘了它们原来是属于小孩子的。
在不知要说些什么的尴尬时刻，人会抓上一把，噗噗地熟稔地嗑着。
清扫干净的地上，很快铺了薄薄的一层。

超　生

村里哪个女人的肚子，一显山露水，妇女主任便忙起来了，好像那是她自己的肚子，她一定要将它控制在合理的高度之内，最好让其缩回原位，不高不低，永远都不要收获才好。妇女主任人胖，却又豆腐似的软，走起路来，总是让跟村里会计一样的男人们心生遐想，于是大家就给妇女主任起了个外号，叫“胖豆腐”。胖豆腐的闺女杨小环跟我在一个班里，也是一个胖姑娘。不过她比我幸运，因为她妈作为村里干部之一，积极响应国家号召，只生了她一个丫头，就戛然而止，开始一心一意为计划生育事业服务。于是杨小环就享受着来自胖豆腐妈妈满满的爱，不像我，上有姐，下有弟，尽管这个弟弟还在母亲的肚子里。

不过母亲是打定了主意，要跟胖豆腐死磕到底。无论如何，都要给我们老王家留下一个“带把儿”的，她的肚子才算是完成了土地的使命。母亲找人算过了，这次一定是个男孩。所以为了这个独苗，她要跟胖豆腐进行一场生命的保卫战。其实在母亲想要怀孕之前，妇女主任就已经窥出了这个苗头，三番五次，没事找事地到我们家坐着喝茶。又跟个“跳大神”的一样，神神叨叨地说个没完没了。那些故事，胖豆腐已经在别的女人那里讲过许多次了，所以她再说起来，便顺风顺水的，连停顿也没有，一路说下去，好像她是我们家专门雇来的说书唱戏的。

胖豆腐讲的那些故事，不外是邻村哪家只有女孩，却忽然间发了家，致了富，日子富得流油，让人眼馋。或者谁家一个接一个地生，却每次都是闺女，以至于生到最后，女人给送了命，男人呢，则移情别恋，又娶了一个媳妇，可怜了那些闺女，一个一个地被虐待，差点跟妈一起丢了命。再或谁家女人自从结了扎，不再憋在家里生孩子，只一心一意搞田间生产，竟然成了乡镇的三八红旗手。还有呢，谁家一口气生了四个男孩，结果，孩子大了却盖不上房子，娶不上媳妇，以至于四个孩子成了当地有名的光棍，让生他们的娘人前丢尽了脸。

母亲听这些故事，大概听腻了。反正她从生我的时候，胖豆腐就来做她的工作了，所以她也就习以为常，照样好茶招待胖豆腐，边剥着玉米，边跟她打游击，说自己没有怀孕，否则怎么还能坐在这里干活，以前她可是一怀孕就吐得什么也做不了呢。胖豆腐不屑地笑笑，问母亲，那你说说你多长时间没来月事了？整整五十天了！母亲涨红了脸，也有些气恼，好像胖豆腐就天天藏在茅坑里，看她拉屎撒尿换卫生纸似的。她有瞬间被人洞穿了身体的羞耻感，于是立刻起身，要送客出门。胖豆腐知道自己说得重了点，也惦记着自己家里没有剥完的玉米，只能起身，一边告诫母亲尽快自己去堕胎，一边施展妇女主任的权利，让母亲知道，自己再不行动，她就要带人来拉母亲去乡镇医院里结扎了。

母亲当然用肥大的衣服，遮掩住了弟弟的存在。而眼看着母亲肚子大到无法流产的胖豆腐，也只能默认了母亲的超生，转而开始带着村里会计，行使起她新的职责——罚款。对于胖豆腐的超生要罚款的宣传，沉浸在生育幸福中的母亲，权当没有听见。而等到母亲终于如愿以偿地生了一个“带把儿”的男孩，她就更不把罚款当回事了，反正自己有的是时间慢慢跟胖豆腐磨下去，她胖豆腐再厉害，也总不能到家里来抢钱吧？

胖豆腐这一次，换了故事内容。母亲一旁眼泪汪汪地哭穷，催缴罚款的胖豆腐，则讲哪个村子里，要饭要成了“万元户”，那意思是鼓励母亲，再穷呢，也不至于要饭，即便混到要饭的地步了，还有可能吃香的喝辣的呢。母亲听不进去这些励志故事，照例抱着弟弟，一边喂奶，一边将家里的近况夸张了描述给胖豆腐听，不外是父亲因为这个孩子，连出门挣钱的机会也没有，天天待在家里，守着那一亩三分地过日子。即便是那几亩地，也因为天旱而连年歉收了。所以让她拿什么来交罚款呢？况且生我的时候，大队里已经将家里唯一值钱的财产——八仙桌，给拉了去，现在家里更是穷得分文没有了。

胖豆腐听习惯了村里女人们唱的这些苦情戏，见软的不行，她就来硬的，坚决要将计划生育政策贯彻到底，对母亲发出最后的警告，实在没钱，她就派人来将我们家里的床啊椅子啊父亲编的筐啊等物件，全给一车拉到大队院子里去，啥时候我们家有钱了，再将东西给拉回去！

母亲不怕，父亲却熬不住胖豆腐三天两头打扰我们家的生活了。他背着母亲，东挪西凑，总算将三千块钱给交了上去。这在九十年代初的村子里，算是一笔巨款了。所以母亲每次心情不好，都会对着尚不能言语的弟弟诉苦说，家里为他交的罚款啊，都能将他给裹起来了。弟弟听不懂，照例咿咿呀呀地看着母亲笑。母亲也只能一声叹息，强迫自己将那些钱跟胖豆腐一起给忘了。反正，有了接班人的母亲，是再也不想继续生育的事情了。

不过母亲不想，胖豆腐可没有忘了她。于是某个下午，母亲被胖豆腐率领的一群人给拉上车去。车上还聚集着村里另外几个女人，大多数都是生了几个孩子，还想躲躲藏藏继续生下去的。母亲算是幸运，生了一个儿子，才被拉去乡镇医院里结扎。而其他几个尚未完成生儿任务的女人，则一路惆怅着脸，长吁短叹的，好像被送去屠宰场一样。胖豆腐就这样押送着一群妇女们，陪她们一个一个做完了手术，又送回了家，这才疲惫不堪地结束了她的工作。

村里女人们因此跟胖豆腐关系算不上太好。一见她来，就跟见了断子瘟神一样想要躲着。不过胖豆腐习以为常了，她总会笑嘻嘻地赶在女人们想要躲开她之前，就将人家给堵住了，聊几句闲话，顺便观察一下那人的肚子，是否又有危险的信号。女人们被她看得有些不自在，总是会含讥带讽地说一句：放心好了，你下一个工作对象，还轮不到我呢。胖豆腐依然好像豆腐一样温和，任人怎么击打，都不会气恼。

不过女人们不怕胖豆腐，却怕胖豆腐拉来的计划生育小分队。所以为了生一个宝贝儿子，她们想尽了办法，跟胖豆腐玩躲猫猫的游戏。胖豆腐比猫还要眼尖，她会在哪个女人刚刚有了要儿子的苗头的时候，就赶去做思想工作，如果思想工作做不成，就派人拉去做结扎手术。但女人们总有的是办法，不等胖豆腐来第二趟，就跟自家男人商量好了，跑到哪个远方亲戚家去避风头。或者干脆在某个地方，落地生根似的过下去，哪天孩子能喊胖豆腐阿姨或者奶奶了，再喜气洋洋地抱着回来。那个时候，胖豆腐也没有办法了。她只能睁一只眼闭一只眼，又因为街坊邻居的都彼此认识，她还得用人家的牛或者爬犁犁地呢，所以见了面，也就眯眼笑着捏一下那孩子的脸蛋，恭维道：瞧这孩子，长得跟他爹一模一样，真好看！女人们听了这句夸赞，也就忘了昔日躲胖豆腐时的烦恼，带着点玩笑道：那还得多谢他阿姨手下留情不是！胖豆腐哈哈大笑起来，笑得脸上的肉都快要掉下一块似的，才收了那笑，正色道：嗨，孩子也生了，罚款什么时候自己送到大队里去？要不，我们一趟趟跑，你也嫌烦。女人立刻背了身，边走边不屑道：你有钱你交去，反正我们家没钱，你总不能将我们儿子给抢了去交罚金！

胖豆腐新一轮的讨钱工作，就这样开始了。几乎每一家的门槛，都被胖豆腐给踏遍了。即便这样，胖豆腐依然没有变成瘦豆腐，倒是因为天天走东串西，她被女人们的舌头嚼得快要碎了。她拿了又厚又长的避孕套一家家派送，女人们瞅也不瞅，就将那避孕套丢给孩子们当气球吹，并朝邻家女人低声道：这避孕套比上次少了一个，估计是在大队办公室里被胖豆腐给用了吧？说完了便和邻家女人一起嘎嘎笑了起来。人人都知道办公室里跟胖豆腐眉来眼去的，就只有村支书和会计两个男人。鉴于会计有钱却没有权花，胖豆腐即便看上了他的年轻，却对自己妇女主任的仕途没太大帮助，女人们也就乐意将胖豆腐和村支书编排在一起了。

在胖豆腐还没有太胖，算得上一朵村花之前，大家就都传言，胖豆腐有事没事就朝村支书家跑。基本都是晚上，提了一瓶酒，或者一只杀好的鸡。她还特意梳洗打扮一番，好像要去相亲找对象。女人们就在背后嚼舌根，说：小心连礼带人，都给压成了碎豆腐，摊在人家床上，不好收拾。还有女人替胖豆腐的男人发愁：就生一个闺女，将来谁给他们养老呢，难不成村支书还能养他们全家一辈子不成？胖豆腐的闺女杨小环因此便被周围同学又嫉妒又同情，甚至还有人传言，杨小环跟村支书的儿子长得真像。杨小环就跟她妈一样，哭着在校园里将那些嚼舌根的同学追得满地跑。被追的同学也不示弱，照例一边跑一边喊：杨小环，小心你妈给你生个弟弟哦，你有了弟弟，你家的好吃的好喝的，就不归你一个人了呢！杨小环快气哭了，使出最后一招杀手锏：你们再胡说八道，小心我告诉校长，将你们开除了！

校长是村支书的亲戚，告诉校长，就等于我们在学校里被判了永世不得翻身的无期徒刑。除非哪天我们考上了乡镇的中学，离开了校长的监控，否则我们别想再有好日子过。所以杨小环一喊出这句，被追的同学立刻住了嘴，带着一点讨好道：人家说着玩的，干吗非得真的生气呢？这句话，让杨小环又恢复了昔日得意洋洋的气焰，哼了一声：小心点，再敢说我，我肯定告状去！

杨小环到底还是跟她妈一样，从未跟什么人真的生气过。而胖豆腐的妇女主任地位，也因为她的好脾气，雷打不动地一年年巩固下去。曾经有一年，村里二芹她妈有被推举为新一届妇女主任的动向。胖豆腐知道了，一路梨花带雨地哭着，去了村支书家。大家都传言胖豆腐奉献了两瓶酒一条烟，外带自己粉嫩的胖脸蛋，才终于将二芹她妈给打败了，稳坐在了妇女主任的位置上。二芹她妈长得苗条，大概也不屑争抢那个位置，所以在女人们都为她抱憾时，她却笑一笑，回道：天天跟催债鬼似的招人烦，那妇女主任有啥好当的呢？老了也不能孝敬你，还不如有儿有女，老了也能有个指望的好。

这一句带着一点对胖豆腐的同情，也让女人们忽然有点好奇地开始关注起胖豆腐的肚子来。于是村妇们的八卦内容里，又多了一项对胖豆腐肚子何时会大起来的猜测。有人说，胖豆腐天天干拉人去医院结扎堕胎的缺德事，这辈子也就一个闺女吧，儿子是生不出来了，即便怀了儿子，也肯定会一不小心就掉了。还有人说，指不定人家胖豆腐会生个大胖小子呢，不过呢，至于这孩子长得像村支书还是会计就不一定了。大家就都哈哈大笑，假如胖豆腐恰好路过，听到女人们不怀好意的嬉笑，她也会傻乎乎地跟着笑几声，这让女人们有更隐秘的快乐滋生出来。似乎，胖豆腐的肚子里，隐藏着无穷的笑料，她们随便挖一个出来，都能打发无聊的时间。

就在胖豆腐东奔西走，为别的女人的肚子着急上火的时候，忽然之间，她自己的肚子像被施了魔咒，真的如女人们谈笑的那样，大了起来。最先发现她肚子秘密的，是胖婶，好像胖子跟胖子之间，有着天然的身体上的联结。胖婶自己肚子肥大，也就知道胖子的肥硕跟怀孕后的肥硕，形状是不同的。胖婶对前院女人窃窃私语：胖豆腐走不动了，这次我打包票，绝对是怀上了！我怀老二的时候，肚子就是这个样子，走路也是跟胖豆腐一样笨重。很快这句话被渲染一番，成为一个完整的故事，在整个村子甚至是邻村之间传播开来。

于是在女人们的想象中，胖豆腐是在某个夜晚，等村支书没来，却无意中被回办公室拿什么东西的会计给碰上了，于是生了气的胖豆腐，被会计三下五除二地一撩拨，便上了床，哦，不，办公室里没有床，只有桌子。于是胖豆腐的肚子，就这样大了起来。这个故事听起来特别粗俗，却极大地丰富了村妇们长久没有八卦滋润的生活。大家纷纷奔走相告，为即将到来的爆炸性的事件——胖豆腐男人跟会计或者村支书之间的战争，而翘首期待。

胖豆腐的肚子在四五个月终于隐藏不了的时候，开始从村妇们的视线里，暂时地消失掉。但她也就是不再行使妇女主任的职责东奔西走，却依然在自己家周围的小范围内散步。只是，她明显有些不好意思，见了人，也不再宣传她的“生一个是福”的政策，而是打一个招呼，呵呵笑着聊两句废话，也就转身回了家。

村里没有胖豆腐这个妇女主任兜来转去的生活，有些无趣。而胖豆腐很快生下来的儿子，长着一双跟他爹一模一样的眼睛鼻子嘴巴的消息，也让女人们的想象，死鸟一样，啪嗒一声，落在了粪坑里。上面新派过来的邻村的一个女人，很快接替了胖豆腐，成了村里的妇女主任。那女人是个毫无看头的瘦麻秆，而且四十多岁，话少，一脸被人欠钱的臭模样，走过的时候，好像一根棍子搅了屎汤子一样，散发出一阵怪味。

大家忽然有些寂寞，想起胖豆腐身上喷香的雪花膏味。

胖豆腐家的小子，越长越像他爸了，你别说，还帅气得很。女人们都这样说。

老处女

我每次看到红霞远远地骑车过来，就觉得她像是从修道院里回来的一样。

上世纪八十年代的乡下，如果一个女人三十岁了还不嫁人，她在村子里就有些无法立足的自卑感。见了人说话，也觉矮了三分。若是碰上谁家结婚生子办喜宴，她一般也是不参加的，好像身上有些晦气，怕一落座，人家宴席上的喜气，就给吹散了。哪怕村子里再丑的女人，遇到这嫁不出去的老姑娘，都觉得自己漂亮了几分，再怎么说，自己是有了老公的女人。当然，也有可能，人家是顶着老处女的名义，却未必还是守身如玉的处女。就像，大家都传说红霞已经不再是大姑娘了一样。

村里人都喜欢听小道消息，而不愿去追究是真是假。关于红霞的故事，每个人说起来，都能有一大堆。好像红霞的前半生，不属于她自己，她的一举一动，都在整个村子的注视之下，她一辈子嫁不出去，也就注定了一辈子要接受村人的窥视和指点。

我从母亲那里听到最多的，是红霞相亲的故事。红霞十几岁的时候，就在镇上的纺织厂工作了。据说几年后她就混成了类似领班之类的小领导，半年挣的钱比哥哥们在地里辛苦劳作一年还多。女人们嫉妒红霞，但同时又不屑一顾道：挣那么多钱有什么用呢，还不都给了娘家哥哥们，等到自己出嫁的时候，一分也捞不着；当然，人家红霞也可能一辈子都不出嫁，守着傻哥哥过一辈子，否则，为啥每次相亲，她都这个也看不上，那个也看不上，难不成，是心里有了人？

红霞心里有谁，女人们八卦出来很多的版本，其中最为可靠的，大约是一个已经去部队里当兵的男人。那男人是红霞在镇上认识的，比红霞小两岁半，但听说并不嫌弃红霞，在他未入伍之前，常常在纺织厂门口等红霞下班，当然，有时候两个人只是打个招呼，红霞便低着头骑自行车离开了。有时候红霞会抬头看那男人一眼，但也只是假装看风景一样地看看，便红了脸。不过这样一眼一眼地看多了，那男人就紧跟着追到了我们村子里，据说是他一个人上门提的亲，连父母都没告诉。这有些不合情理，善良点的说男人是为了省一笔媒人钱，嘴上不肯积德的便刻薄红霞跟男人上了床，又没有打动未来的公婆，所以只能赖着男人自己上门求亲了。

不管别人怎么嚼舌头，红霞也只能听从父母之命。那男人据说长的像模像样，周正得很，否则，不会那么顺利地就入了伍，而且还是去省城的富贵命。那一阵大家都传言红霞快成军官老婆了，有人还讪讪地在大街上向下班回来的红霞示好，问她累不累，要不要来家里歇歇，喝一杯水。女人们也有点怕，万一红霞成了军官老婆，哪天不高兴，借那男人的势力，在村子里欺压她们，那可怎么好？跟红霞家关系不好的男人们，也忧心忡忡，怕一人得道鸡犬升天，红霞变成了金凤凰，掉头咬他们一口可怎么办？倒是红霞自己，好像还是过去素朴的模样，穿着灰色调的的确良褂子，每天从村子尽头慢慢骑车驶进人们的视野，并和路边上扯八卦的女人们一一打个招呼，而后便笑着将自行车拐个弯，进了自己家门，将所有的江湖传闻，都不动声色地丢在了大街上。

但红霞越是这样，大家越是心慌。那一阵还有人专门跑到乡镇上去，打听军人的下落。回来后听说军人家里的确有权有势，老姑娘红霞嫁过去，算是攀了高枝。亲戚里面有多事的，想着要攀附红霞未来的男人，纷纷到红霞家里去做说客，让她爹妈赶紧将这老姑娘嫁出去，趁着有这么好的女婿主动上门，即便是彩礼打个折也要答应下来。红霞爹妈大约也动了心，想着下次男人再来，就一定好酒好饭地招待人家，将这门亲事给尽快定下来，也好让红霞安了心。

可惜，男人很快就被招去了部队，临别前据说给红霞留信，让她嫁个好人家，不要等他，因为他不知这一去，究竟何时回来，或者还会不会回来。红霞不信男人不回来，执拗要等，这一等，就是两年过去。终于有好事者，从省城辗转打听来消息，男人在那边看上了一个领导的女儿，几乎没有回来的可能了。

这一段有始无终的爱情故事结束以后，红霞就又成为村里无人问津的老姑娘。每天看她骑车从横穿村子的大道上上班下班，来来去去，总觉得她孤独极了。但红霞生来的好脾气，即便是历经此事，脸上也始终是堆着笑的，好像这个世界上，有没有爱情，有没有人娶她，已经分家另过的哥哥弟弟们会不会嫌弃她，都无所谓，她守着爹妈，还有一个每天只会编席子的傻哥哥，安安静静地过这一辈子，就可以了。

但是红霞想要安静，别人却偏不给她。每天闲聊，母亲总会跟别的老娘们，呱呱地谈论红霞的终身大事，好像红霞是我们家里的一分子，需要她老人家担着心一样。我听得心烦，姐姐更是厌倦，因为姐姐那个时候，也已经到了谈婚论嫁的年龄，尽管，她才十六岁，但是提亲的人一个接着一个，比我们家的母鸡下蛋还勤。姐姐那时为了给家里挣钱，也在镇上一家工厂上班。有时，姐姐贪玩，下班后晚回来一会，母亲就对她破口大骂。母亲骂人总是捎带着红霞，不过我想村里大多数女人们，教训自己家女儿，大约都像母亲一样口无遮拦地一会讽刺红霞，一会夸赞红霞，总之，一切言语都视情况而定。

母亲骂姐姐说：那么大了，也不知道害臊，天天在外面疯，没个女孩子的正经样子！你看人家红霞，都三十好几了，还每天正儿八经地上班下班，没见人家想男人了就不回家！母亲又换着词骂姐姐说：你就天天跟着不学好吧你！指不定哪天你也成了红霞，被全村人笑话不守妇道！那么大个人，天天在厂子门口晃晃悠悠勾引男人，结果呢，男人没勾引到，人家玩完她跑省城娶了官家的姑娘了，就她这老得一脸褶子的样子，还想成军官老婆，做她的千秋大梦去吧！

姐姐就低头听着，眼泪哗哗流出来。母亲掐她胳膊一下：还哭，流那么多尿汁子给谁看?！姐姐疼得想叫出声来，却硬生生忍着，将眼泪给憋了回去。她怕父亲拿了鸡毛掸子过来，照头打下来，让她脑壳上红肿一块，连门也出不去了。所以姐姐心里被母亲骂得恨不能立刻离家出走，再不回来，却怕得迅速收敛了被父亲描述为哭丧似的脸，装作什么也没有发生的样子，打扫起房间来。我站在一旁，觉得自己非常多余，可是又不知道该走到哪儿去，就只能这样看着姐姐背对着我，用悄无声息的温顺，获取父母的同情。

我那时跟姐姐关系并不是太好，因为总是要穿姐姐的剩衣服，而且姐姐年长我几岁，便觉得跟我不在同一个层次上，不乐意与我玩耍。所以每次她回家晚了，挨了父母的打骂，我总是站在角落里，偷偷地注视着这一场战争，却什么也不说。我既不会朝父母求情，也不会帮着父母咒骂姐姐，我只是以一种平日里姐姐对我的有距离的冷淡，不管不问，好像我在这个家里，是一个隐形的存在，什么事情都不需要我，什么人也都不会将我想起。

无疑，我是那时家里最安全最不需要想起的孩子。尚未到青春期，对男女间的一切，都视若无睹，每日只懂得吃饭睡觉，上课下课。而姐姐不同，十六岁的她，开始爱美，偷偷去镇上拍艺术照。照片上的她，涂脂抹粉，稚嫩的笑容里，有了一点像红霞那样成熟的味道。当然，红霞是老气横秋的老处女一样的脸，而姐姐则是人人都想采摘一口的桃子一样诱人的红。

我不知道姐姐是否会常常在镇上下班的时候，遇到红霞。她们一个是纺织厂女工，一个是地毯厂女工，肯定会在下班的人群里，瞥见彼此的身影吧。即便是装作不认识，可是红霞那么有名，一定会有人指给姐姐看：喏，那是你们村子里，总嫁不出去的那个老处女吧？听说曾经想高攀军人呢，结果被人家给一脚踹了。至于姐姐，那么年轻，长得还算是好看，又是同一个村子里的，红霞一定会注意到姐姐青春活泼的样子，或许，她会嫉妒姐姐，嫉妒姐姐还有好几年的时光自由地浪费，或者可以好好地挑一挑上门相亲的男人们；而红霞却没有时间和机会去挑去拣了，她只能任人家挑拣，而且，即便是这样挑拣的男人，也越来越少了，有谁会愿意娶一个不知道还能不能生一大群儿女的老姑娘呢？

反正姐姐很神秘地跟红霞一样，在工厂门口，遇到了一个向她微笑致意的男人。那男人究竟长什么样子，除了姐姐和她的闺蜜，整个村子里的人都不知道。其实我先于父母，发现了姐姐恋爱的蛛丝马迹。她爱拍时髦的婚纱照，喜欢去逛百货大楼，在衣服和布料柜台前流连忘返。姐姐每天早晨去上班的时候，都会对着镜子将头发梳了又梳，还抹头油，让头发看上去湿漉漉的。我曾经偷偷将那头油在自己头发上也抹了一些，不知是抹多了，还是那头油货太真，一个星期头发都湿得跟淋了雨一样，而且擦也擦不干的样子。姐姐头发长，她将两条大辫子梳得油光水亮的，又很爱干净地几乎每隔两天就将衣服洗上一遍，以至于父亲最后烦了，经过院子里的绳条时，一生气，将姐姐的衣服全扯下来，给扔到了院墙外面去。外面路过的鸡鸭们不知情，纷纷跑上去拉了一泡屎。姐姐哭得厉害，但也只是红肿着眼睛，等到父亲出门了，才敢将衣服收拾回来，又洗了一次，拿到我们两个人的卧室里，悄悄阴干了。

但没等我做内奸，将姐姐的种种迹象汇报给父母，姐姐的事情就被多嘴的村人给捅出来，并很快传到了父母耳朵里。

我依然记得姐姐被父母提审的那一个夜晚，我还在睡梦之中，就被父母压低了的吼叫给惊醒了。母亲几乎是粗鲁地将姐姐从被窝里给拽了起来，姐姐穿着白色的小背心，披头散发地坐在床上，听父亲骂道：真不要脸，你才多大，就跟着男人回家！母亲紧跟着审问姐姐：你老实点说，到底跟着那男人回过家几次?！姐姐的脸，在昏黄的灯下，是涨红的。我假装睡着了，心里却紧张得要命，好像回到了过去的年代，被敌人给抓住了，要交代自己知道的机密一样。姐姐起初还坚称自己什么也没有做过，慢慢地，她被父母的愤怒给吓住了，终于吞吞吐吐地道出曾经跟男人回过一次家的事实。

这一真相，让母亲发疯了似的，劈头给了姐姐一个巴掌。紧跟着，母亲继续追问：到底，做不要脸的事了没？我不知道什么事才算是“不要脸”，只是感觉那一定是不好的，是和红霞一样遭村人戳点的，是要嫁不出去的，或者让人知道了，再也没法在村子里见人的事。我紧张地等待着姐姐吐出真相，却又怕知道真相，我不想在自己的家里，出现另外一个红霞。尽管，我跟姐姐没有共同语言，也不喜欢那时因为能够挣钱而常在我面前骄傲显摆的她。

姐姐最终在挨了父亲的几个巴掌之后，依然咬着牙，说自己什么也没有做过。那时天已经灰蒙蒙地亮起来了，在过去的时候，姐姐即将起床，打扮一个小时，而后骑车去镇上上班了。但是，那天之后，姐姐再也没有去过镇上。她的所有的遥远的梦想，与初恋的爱人，都留在了象征着玫瑰色梦幻未来的镇上。

那个时候，我也以为镇上距离村子，是那么的遥远又神秘，遥远到我得考上初中以后，才能走到那里；神秘到镇上买来的一切，哪怕是一袋化肥或者一包玉米种子，都有了美好的颜色。

我因此羡慕红霞，她有开明的父母，不管红霞被人指点成什么样子，他们都不曾让她离开镇上。当然，他们也无法让红霞丢掉工作，因为，她的傻子哥哥需要她的养活，需要她挣钱买药，而她贪婪的哥哥嫂嫂们，也常常向她讨钱，她只要一天不嫁出这个村子，那么她就依然属于家族里的每一个人，要为了他们，无怨无悔地付出和奉献。

红霞是在快四十岁的时候，离开村子的。当然，是以出嫁的正当的名义。也不知是谁“多事”，终于想起了被遗忘在村子里的红霞，为她谋得了一个婆家。听说，红霞的婆家很远，在自行车都很难骑到的山村。大约，这也是红霞为何很少再回到村子里的一个原因吧。我宁愿相信她是因为这样的原因而不愿意回来的，这样，她就会过得幸福一些，而不是纠缠于过去二十多年的时光里，她因为相亲和仅存的一次爱情，而被村人们带来的心灵上的伤害。

但即便如此，母亲一提及红霞，依然将她当成我和姐姐的一个范本。母亲是这样说的：知道我们村里的老姑娘红霞吧？人家嫁出去了，还一心一意地向着家里的哥哥弟弟们，自己舍不得吃舍不得穿，连油也吃不起，却攒钱给哥哥盖了一栋好房子，又供哥哥家的孩子们读书到大城市里去；女孩子啊，就得像红霞这样，嫁得再远，也还是娘家的人。

我和姐姐看看文弱到大概需要我和她出钱出力扶持一生的弟弟，笑笑，什么也没说。那时，我们都已经成家立业，离开了村子。关于红霞，和与红霞有关的恩怨，很多人都已经忘记。好像，所有与爱情有关的一切喜怒哀乐，都在古老的村子里从未发生过一样。

秋　收

秋天一到，村子里便有一种怀孕女人马上临盆的焦灼的幸福感。昔日炊烟袅袅的平静的生活，忽然间被打断了。站在大街小巷里八卦别人家私生活的大嘴女人们，也调转舌头，开始朝自家男人开炮。开炮目的当然是为了督促男人磨刀霍霍向庄稼，而不是没有闻到秋天的气息，依然在胖婶家的麻将桌上流连忘返。

其实不用女人们唠叨，男人们也知道大展身手的时候到了。秋收的时候，娘们能干啥呢？不过是烧水做饭推推板车。当然，女人们根本就不服气，并认为她们是十项全能，什么都能做的。比如掰玉米吧，男人们掰一垄沟的时间，女人们也差不多能跟他们齐头并进，落不下多远。就连被认为是累赘的小孩子，也自有用处。所以整个秋天，全村老小都是沸腾的，好像那高粱顶上喝醉了酒的穗子，被风一吹，就更加站不稳，于是一直倾斜下去，快要触到地了，才忽然间又直立起来，看一眼这成熟的、芬芳的、醉醺醺的、晃动的大地。

和村里所有的人家一样，我们家早早地就分了工。我管烧水，姐姐管做饭，父母去掰玉米、砍玉米秸、收割黄豆，并将玉米、黄豆运输回家。而后全家老小一起上阵，扒玉米皮，编玉米，将玉米提到平房上晾晒。我喜欢烧水，不仅仅是因为烧水的时候，可以趁势将一块从人家场院里偷挖来的地瓜烤熟，还因为我能一个人在家里烧蚂蚱吃。姐姐是不屑这些幼稚的把戏的。只要我烧开了水，完成了父母交给的任务，她也就不再管我，让我化作院子里的一只蟋蟀，或者一只蜗牛，一朵喇叭花，尽管悄无声息地活着就是了。我最擅长将一个生地瓜，变成外焦里嫩的烤地瓜了。我会在烧水之前，就将炉灰给掏挖干净了，而后把地瓜放在炉子底下，将捡拾好的朽木或者树枝点燃了，便可以坐在炉子旁边，等着水嘘嘘地冒着热气自己烧开了。在烧水的时间里，我会将捉来的蚂蚱暂时放在罐头瓶子里养着，喂它点水啊豆角啊之类的吃的喝的，以便一会可以肥肥壮壮的供我享用。当然，那蚂蚱一定是田间地头最大号的蚂蚱王。它们绿油油的肥硕的身体，一看就是喝足了一个夏天的露水，只等着秋天有力气在砍伐干净玉米的地里，奋力地蹦出人的掌心，或者车轮的碾压。

假若我只顾得玩蚂蚱和翻烤自己的地瓜，而没有及时地将水烧开了，并送到地头上去给父母泡茶喝，那一定会遭来父亲的一顿恶骂。如果我的嘴头子上还留着黑色的吃地瓜留下的印记，那就更惨了，几乎会有被累得满头大汗的父亲给暴打一顿的危险。所以我再怎么贪玩和贪吃，也还是会记得自己的正职是烧两暖壶水，提到自己家地头，并给父母倒在茶杯里，再将空的暖瓶给提回来，继续烧水。我一路上会在忙碌的满载着玉米的板车流里，回味一下刚刚烤吃了的地瓜的香甜，和那只很不幸的被我吃掉的蚂蚱的肉味。蚂蚱的肉也就一块指甲那么大，不够塞牙缝，但我吃得津津有味，将那块肉嚼得烂烂的，充分品味每一丝清香，并回忆下片刻前蚂蚱在火里发出的吱吱啦啦的响声，这才一咽唾沫，将肉也一起吞了下去。

我每次都会走神，以至于常常走过了自己家的地头，或者会被拉板车的大人们吆喝：快让开点，别挡道！这孩子怎么不懂事呢，都忙得火烧眉毛了，她还那么清闲！这话有时候会被长舌妇传到父母口中去。如果母亲忙得根本无暇关注这些琐事，那么这一灾也就算是过去了。可是如果母亲恰好上了心，知道我走神了，就会在看到我的时候，骂我一顿没有眼色，明明对面那个老娘们的车开过来了，我还不知道避让，小心脑袋给镰刀削掉了！我从来都不会辩驳什么，而且知道母亲根本没有时间多骂我，很快父亲就会在地的那头叫起来，催促她赶快将掰下的玉米捡拾成一堆，等着父亲下一车来装。我瞅准机会就溜走了。

一旦第一车玉米被倒在院子里之后，我也就别想烤地瓜了。即便烤完了，也没有时间去吃。我被迫坐在玉米堆旁，有些无奈地叹口气，便开始剥玉米。

一整个秋天，我好像都在剥玉米，无休无止地剥着。尤其是夜晚，天已经凉了，露水打湿了我的鞋子，连头发上都好像落满了霜，我也困倦得快要变成玉米里的一个虫子，蜷缩着睡过去了，可是父母一阵因为疲惫而产生的争吵，还是让我强打起精神，一个一个地剥下去。天上的月亮慢慢成了好看的月饼一样的圆，不再是羞涩的蒙了面纱的少女。我抬头看着夜空上饱满的月亮，听着一家人悄无声息地剥玉米的响声，觉得自己快要沉入梦里去了。梦里有什么呢？我也不知，只一心一意地想着走进去了，就是世界上最快乐的事情。甚至中秋节的那一天，香台上供奉的我爱吃的月饼、苹果和橘子，我也不再留恋。直到母亲忽然间注意到了我的存在，对着打瞌睡的我叹一口气，然后放行道：快回屋去睡觉吧！我正一边剥着玉米一边在梦里神游八极，无意中听到这句话，即刻从湿漉漉的玉米皮中跳了起来，轻飘飘地进了房间，爬上床，头刚刚靠在枕头上，便沉沉地睡过去了。

秋天总是让人觉得萧条。地里的大豆啊玉米啊地瓜啊，一收割完毕，整个村子就变得空旷起来。风冷飕飕地吹过来，要将一切都扫荡干净的架势。我在田垄里捡拾黄色的野果吃，在袖子上简单地擦擦，便一口一个吞了进去。野兔趁人不备，嗖一下蹿出去很远，可是因为田间太空荡了，毫无遮拦，于是它们便会被尚未收缴的猎枪给瞬间干掉。我觉得秋天里的自己就像是一只孤独觅食的野兔，有无处躲藏的空。

所以我总是会在秋天里怀念麦收时节的自己。那时候我会因为有更大的用武之地，而被父母重视并褒奖。我不仅仅会烧水送水，用镰刀收割，看场院里的麦子，帮大人装麻袋，还会给大人们创收——拾麦穗。拾麦穗是我最喜欢的事情，每拾到一株麦穗，就好像帮大人捡了个大白馒头一样，是卖馒头的男人“半熟儿”家屉笼里热气腾腾的大白馒头。而且，去别人家地里拾麦穗，总有捡了便宜一样的兴奋与开心。我恨不能将村子里所有人家的地都捡拾一遍，把那些漏掉的麦子全部归己所有。一想到自己家麦场里堆满了我捡拾来的麦穗，而它们又能变成好吃的馒头、花卷、烧饼、油条、包子，我的心里就美滋滋的，顶着烈日在地边上飞快地走着，弯腰捡着，也不觉得劳累。遇到“同行”拾麦穗的孩子或者老人，我们都会相视一笑，而后默默地较着劲，以更快的速度，落下一个又一个竞争对手。

麦收的时候天热，我会直接睡在麦秸垛旁，用几个麻袋就铺成一张床，看着漆黑夜空上的星星，听着池塘里的蛙鸣，还有旁边跟我一样看麦子的女人的鼾声，觉得世界满满的，好像空气里都是麦子的香气。我还会想入非非，觉得某个麦秸垛后面，会藏有一对偷情的男女，他们像猫一样，发出暧昧的叫声。那声音让我面红耳热，好像我在偷窥谁家的秘密。我甚至能听到他们的喘息声，热烈的，浓郁的，甜蜜的。这是夏日的气息。

可是秋天一来，收割之后的大地，就再也没有了这样的气息。一场霜打之后，大地变得有些寂寞孤独，昔日披红挂绿的富裕相，全都被修剪干净，露出落光了树叶的清瘦的枝干。我走在河沿上，觉得石子、青苔都是清冷的滑，风凉凉的，从对面的小树林里吹过来。也不知谁在更远处吹着口哨，穿过小树林旁边的一片阴森的墓地。那里埋葬着村子里死去的男人女人，还有夭折的孩子。我经常想知道，死去的村人们，在秋收的时候，会不会被吵得无法安睡，而后探出头来，到自己家玉米地里走上一走？依然是生前那样，背着手，弓着腰，唠叨着儿孙们不作为，还顺便将别人家地头的麦子，偷走一小捆，并将它们弄乱了，夹在腋下，假装都是自己从路上捡拾来的。等他们巡视完了，或许依然不舍得离去，会坐在坟头上，点上旱烟袋，说道说道村里的旧事，还有跟秋收有关的人情冷暖。要等那旱烟袋吸完了，这才起身，拍拍屁股上的泥土，一缩身，重新回到坟墓里去了。

村人们忙着秋收，当然不会想起死去的老人。我也只是在路过坟地的时候，才会想起已经去世的奶奶。想起每次去她的院子里，她好像都在用玉米皮编织着好看的坐垫。坐垫可薄可厚，厚得像树墩一样，可以搬到圆桌旁坐下来将一碗面条呼噜呼噜吃得干干净净；薄的则适合在地上盘腿坐着编席子用。玉米皮都是晒干了的，讲究的人家，还会将其洗干净了再拿来用。我看着白色的叶子，常常会想起玉米还种在地里的时候，我和小伙伴潜进玉米地里偷掰人家的玉米，并顺便劈下一把玉米秆上的叶子，捎回家来给母亲蒸馒头用。那嫩绿鲜亮的叶子，大概是所有女人们的最爱，因为把它铺在箅子上蒸馒头，既不糊锅，还能让馒头吃起来有一股玉米的清香味道。我喜欢在馒头出锅的时候，贪婪地将玉米长长的叶子一起拿出来，吃粘在上面的馒头皮。那皮是焦黄的，酥脆的，好像某种藏在奶奶的篮子里我永远也吃不到的小点心。那篮子当然是挂在高高的屋梁上，任我如何仰望，小气的奶奶也不会拿下来给我尝上一口。

玉米剥完皮的时候，父母会将它们编在一起，一嘟噜一嘟噜地，挂在梧桐树杈上。那黄的红的玉米，让已经开始落叶的梧桐树，看起来喜气洋洋的，好像挂了一幅画在上面。那画每天看着，都觉得高兴，气派，心里满足。还忍不住要在树下刷牙的时候，想哼一首沂蒙小曲。当然，哪天那玉米叶被雨水给浸泡得朽了烂了，又被麻雀一啄，忽然间挣断下来，砸了脑袋，就不会哼什么小曲了。父母会发了愁，想着要赶紧弄到平房上去晾干了，剥下玉米粒来卖了换钱。

于是全家总动员，又开始无休无止地剥玉米粒的浩大工程。有钱的人家里，会买一个剥玉米的小机器，据说，将玉米棒扔进去，就自己给剥完了，这听起来很阔气，可是父母也只是聊起时羡慕一下，又让全家埋头一起剥玉米粒了。天已经很凉了，于是战场转移到屋子里去。每天吃完晚饭，母亲都会将一个大盆放在屋子里，将她已经插出一道“玉米沟”便于剥的玉米棒，丢在我们面前。于是房间里便只剩下噼里啪啦玉米粒打在盆上的声音。没有电视，收音机也没有节目，唯一的娱乐，大概就是一家人天南海北地闲扯。母亲总是抱怨钱不够花，让我和姐姐在学习上节约一点。而父亲也会跟着附和几句，但很快就厌烦了这样老娘们的烦恼，开始转移话题，比如考我和姐姐做算术题。

这样的考试，很容易带来危险。我知道一斤玉米值多少钱，我也知道一斤玉米能换多少油条或者馒头，可是，我却无法像父亲要求的那样，准确快速地算出五十麻袋玉米能变成多少件衣服或者多少斤大饼。我像任何一个伟大的数学家那样，支着下巴，皱紧了眉头，苦思冥想。但我并没有天才们的好命，可以茅塞顿开，嗖的一下得到想要的结果。那些奇怪的数字，总是离我很远，好像我天生跟它们无缘一样。我不明白父亲噼里啪啦剥着玉米粒的时候，怎么就对玉米换大饼的事情那么有兴趣？难道他从小也没有吃够大饼，所以才加倍地将这种欲望，放置在数学一塌糊涂的我的身上，试图我能给他准确无误的慰藉？还有母亲，明明她没有文化，却也来一起考我。她不钟情于吃，所以她的考题永远都是关于针头线脑的。比如一斤黄豆能买多少尺粗布，一尺粗布能做几个书包？还有十个鸡蛋值多少钱，如果换线箍，能换几个呢？

我觉得那个时候，父母一定把我当成了全知全能的神仙，恨不能将肚子里所有的对于生活的热望，都通过我的嘴得以实现。如果我回答得准确，他们会满意地丢给我一个玉米棒，让我离开纸笔，继续干活。偶尔还会由此扯开话题，谈及针线的价格，或者粗布质量的好坏。但大部分时候，我没有这样的好运，我总是会被父亲的一声大喝，给吓得魂飞魄散，继而吃父亲的一个巴掌。但这样也没有结束呢，父亲会派姐姐来监督我，让我继续算那永远跟我不肯亲密的结果。我坐在那里，憋得快要尿裤子了，只好可怜巴巴地求助姐姐，快将那个要命的结果告诉我吧；如果她能帮我一把，我将来一定真的给她买几斤大饼吃。不，哪怕一屋子的、一天井的大饼也可以。

我每次都饿得眼冒金星的时候，吃完了饭的父母，才会想起我的存在，一声恨铁不成钢的抱怨，终于肯将我解放出牢笼。那时我总是脑子晕乎乎的，想，秋天快快结束了吧，这样，等漫长的冬天来了，玉米都剥完卖掉换成钱了，或者变成了玉米面，做成了咸糊涂，父母便再也不会无边无沿地给我出算术题了。

可是，秋天它太长了啊！除了玉米，还有大豆、棉花、地瓜、芝麻。地里总有收割不完的庄稼，我也总有千百个理由，被因为收割而疲惫不堪的父母苛责。我很想找一个人，问一问他们那里的秋天，除了收获庄稼，也要收获巴掌吗？但我永远都是孤独的长不大的那个小孩，行走在秋天的田垄里，捡拾着棉花、稻谷，回味着偷偷吃下去的地瓜，想着什么时候，秋收能够结束，大雪覆盖了整个的田野，一切都寂静下来。而劳累的父母，也终于会有大把的时间可以睡下了。

平　房

村人们建房子的时候，几乎家家户户都会在正房的一旁建一个平房，用来晾晒东西，或者夏日乘凉，再或偷窥左邻右舍的秘密。这有点像旧时男人们娶老婆，总爱在娶了正房以后，千方百计地琢磨一个作为风景的偏房，既能有多儿多女的实用价值，还能安静地一起坐着，欣赏一下美好的田园风光。

我最喜欢在夏天爬到平房上去，那几乎是我的一个乐园。通往平房的“路”，当然不是什么水泥台阶，而是父亲自己做的竹梯。我人小胆大，不等父母和姐姐先爬上去晾晒粮食，便猴子一样嗖嗖嗖地到了房顶。粮食不好搬运，父亲便在上面用一个绳子一袋一袋地拽上去。我当然负责解开口袋，将玉米粒、麦子或者地瓜干，全部倒在平房上，并将其薄薄地摊开。平房中间有个水泥台子，隔开左右两边。我干完了活，等着大人下去了，便将麻袋摆好了，铺在水泥台子上，躺下来看书，或者听旁边香椿芽树上两只喜鹊的对话。香椿芽树长得枝繁叶茂，这让晾台的一角特别清凉，而且因为下雨，还长了很多的青苔。一株枣树早早地就将枝干伸过来了，并用那小小的白色花朵诱惑着我，让我躺在水泥台上，忍不住畅想秋天枣子变红的时候，我会怎样拿了钩子，将高高低低的红枣，给一个一个地钩下来。

我还畅想隔壁胖婶家院子里的核桃树，那树已经很多年了，年年都结下丰硕的果实。而且总有那么一个枝子，是伸到我们家平房上来的。胖婶为此绞尽脑汁，想要用诸如绳子捆绑的方式，甚至砍掉枝干的方式，将核桃全部归拢到自家院子里来。偏偏那核桃树不听指挥，总爱干“红杏出墙”的事，或者它就是跟我看对了眼，所以要千方百计地越过胖婶的监视，非要每年给我几个核桃尝尝不可。我因此特别偏爱那株核桃树，还在它的身上刻了我的名字，看看明年那名字会长多大。我还提前就侦查好了，属于我的那株枝干上，会结多少个核桃。我跟每一个核桃都亲密犹如知己，我知道它们身上的细密的纹路，熟悉它们叶子上芳香的味道。我还会摘下几片叶子，夹在书本里。于是等某一天翻开书本的时候，便会有好闻的香气，将整

一整个秋天，我好像都在剥玉米，无休无止地剥着。
夜晚，天已经凉了，露水打湿了我的鞋子，连头发上都好像落满了霜，
我也困倦得快要变成玉米里的一个虫子，蜷缩着睡过去了。

本书似乎都给浸润了。

不过相比起对这株核桃树的窥探，我更喜欢窥视前后左右邻居家的秘密。胖婶家当然首当其冲，被我尽窥眼底。母亲也喜欢八卦，于是傍晚收拾粮食的时候，她会探出头去，看一眼院子里的动静。如果胖婶不在，母亲当然会将视线四面八方地多扫射上一会，并跟父亲津津有味地谈论起胖婶家院子里的新动向。母亲的那股子热情，好像胖婶家院子是新闻频发地，且急需她这新闻记者报道最新的消息。她会谈起胖婶家新换的猪盆，是铝的，不知道会不会被肥胖的老母猪给一脚踏翻在地。还有胖婶新买了一双布鞋，鞋跟有些高，难不成她要去踩高跷？胖婶家的锅里还留着昨天的饼渣子，那渣子有些糊，联系昨天胖婶跟瘦叔吼的那几嗓子，母亲推测肯定是因为瘦叔烧火心不在焉，一心一意想要组织晚上的牌局，因此就将火给烧得一边热一边凉，让烙饼的胖婶恨不能一铲子将那大饼给扇到瘦叔的脸上去。还有胖婶家的胖姑娘艳玲，更是加倍地往宽里拓展，她是不想嫁人了吧？

母亲在登高将胖婶家院子给扫射一遍之后总是有那么一大堆的疑问。有时候她看得太专心了，不想胖婶从外面回来了，开了门，且一抬头，看到了母亲正站在晾台边上，半探着脑袋，好像要掉下来的样子。胖婶于是不满意地咳嗽几声，示意晾台上的“臭娘们”，别偷看我们家了，想偷东西直接跳下来拿就是了，干吗不怀好意地瞅来瞅去，看着让人心烦！母亲听见了那咳嗽声，有些不好意思，讪笑着，朝胖婶问好：玲她娘，今天不在家啊？胖婶估计是想说：明知故问，在家还容得下你这样偷看？但想了想，胖婶还是眯眼勉强挤出一丝笑来，回道：是啊，今天有事，出门了，我们家没来人吧？母亲知道这句有些嘲讽她偷看院子的意思，但还是装作什么也没听出来，回复道：哎呀，应该是没来人吧，我也一天不在家，刚刚上来收晾晒的粮食呢。胖婶意味深长地“哦”了一声，又操起一个破搪瓷盆子，扔出去，于是鸡和鸭们吓坏了，扑啦啦飞起来。母亲看着胖婶那肉里满满都是力气，有些怕了，一缩头，就冲我喊：快拿袋子来装粮食，要下雨了！

胖婶家如果来打牌的，那更是热闹。乡下没有电话，牌友们却约好了似的，纷纷在饭后关了自家门户，到胖婶家度过美好夜晚。男人们赌钱，看起来下注小，也就五毛一块的零碎钱，但积少成多，一个晚上，瘦叔挣个五十一百的，不在话下。当然，有挣就有赔，这跟瘦叔去集市上补鞋还不一样，补鞋只要有个机器，不阴天下雨的，就是坐在那里干挣；但玩牌就有风险，跟阴天下雨无关，跟胖婶的心情倒是有一点关系。假若我在平房上看见胖婶吼叫瘦叔，让他干东干西的不闲着，当晚的牌局，瘦叔肯定出手失利，夜里睡觉，一墙之隔的卧室里，被胖婶踹下床去的危险都有。如果我探下头去，看见胖婶正摇着蒲扇，对瘦叔说着近乎温柔的闲话，院子里鸡鸭有秩序地踱回窝棚里去，几个孩子奔来跑去，自娱自乐地做着游戏，那么这一天晚上，瘦叔必胜无疑。

母亲喜欢去胖婶家里围观男人们打牌，并跟周围的老娘们唠唠嗑，说说张家长李家短的八卦。我当然不屑加入到老娘们的队伍里去，喳喳的，好像长尾巴雀子似的招人厌烦。但我又和母亲一样好奇，总觉得那烟雾缭绕的房间里，除了男人们吆五喝六的喊声，女人们为自家男人时而紧张时而欢快的笑声，还有一种热气腾腾的东西诱惑着我。于是我便爬上最好的窥视平台，透过门和窗户，看男人们挥洒着“辛勤”的汗水，挣着不劳而获的零花钱。胖婶总是站在门口，将大半个门给结实地堵住。我想她大概是给瘦叔把门的，防止那些将瘦叔的钱给赢去的不良分子，携款逃跑。无论如何，胖婶都要将自家出入的钱平衡了，不赔不挣，才会放这群人离开。反正胖婶是东家，如果不高兴，将牌桌掀翻了都有可能。所以一群人也都畏惧着她，怕一不小心，被胖婶的一堆肥肉给压死。我趴在阳台上，看着胖婶时而堵住门口，时而在房间里走来走去，时而到院子里找找只顾恋爱而忘了睡觉的鸡鸭。我知道她是紧张的，比牌桌上的瘦叔要紧张十倍，因为那钱完全是从她的口袋里流出去的，所以无论如何，都不能赔得太多。

等到胖婶觉得这牌打到天亮，瘦叔也挣不了几个钱的时候，院子里的门锁，会被胖婶打开，一群疲惫又兴奋的男人们，这才像回家的牛羊一样，排队走进夜色里去。而我，困得已经睁不开眼睛了，迷迷糊糊的，听见母亲在院子里骂我：还在平房上睡！快滚下来！感冒了老娘揍死你！我不得已爬起来，想，母亲今天要没赔钱，干吗那么凶神恶煞的样子？难不成瘦叔今天赢了一大笔钱，可以够胖婶吃喝好几天的，所以她嫉妒了，才拿着我和从不赌钱的父亲发泄？

不过相比起胖婶家的喧嚣热闹，二蛋家则冷清得多。尽管二蛋和他媳妇结婚有大半年了，但两人好像还没有腻歪够一样，大夏天的，也在院子里你侬我侬。当然，除了站在平房上，没有人会听到二蛋媳妇吧唧亲吻二蛋脑门的声音。村里女人们都传言，二蛋媳妇连下地干活都要跟二蛋手牵着手。两人会不会在玉米地或者麦地里干那个，没有人看到过，但女人们都想象力丰富，纷纷给二蛋和二蛋媳妇编造了无数个田地里亲密的段子。我没有兴趣听女人们的传言，我喜欢站在平房上，看他们两个人在无人打扰的小院子里上演的亲密爱情戏。二蛋媳妇最喜欢坐在二蛋的大腿上，揪着他的两个耳朵，跟他撒娇。大门关着，二蛋媳妇就穿着一件二蛋的薄薄的白色衬衣，露着两条白嫩的大腿，那腿摇啊晃啊，连鸡鸭都看着烦了，过来试图啄食几下，却被晃晕了脑子，无趣地叫上两声，便散开了。我有时候在平房上小眯一会，起来，看到二蛋媳妇还吊在二蛋的脖子上，好像那里是一个舒服的吊床，她躺上便下不来，当然，也不想下来。

我一直想着何时二蛋媳妇会给二蛋生养个大胖小子呢，这样她就会被那胖小子给吊着，再也没有时间天天赖在二蛋身上，让我看着有些乏味。但二蛋媳妇的肚子，总也不见长。偶尔二蛋媳妇家吃一些好饭，二蛋媳妇的腰围粗了，别人便关心地问她：几个月了？二蛋媳妇就有些生气：管那么多干啥？说完了又丢一个白眼，而后扭着屁股走开了。隔天我便看到二蛋媳妇又骑在二蛋身上，揪着他的耳朵。只不过，这一次二蛋媳妇气势汹汹的，那架势像要吃了二蛋。二蛋也拉长了驴子一样的脸，一声不吭地听着媳妇的训话。二蛋媳妇的声音是故意压低了的，但我在高处，还是能隐约地听到，二蛋媳妇在怀疑二蛋是个不能下蛋的公鸡。二蛋没说话，却将身边的一个公鸡给赶出去老远。二蛋媳妇将二蛋的脸强行掰过来，试图让他回应些什么。但二蛋不干了，啪一下站起来，将媳妇推倒在地。这一举动，几乎是犯了天条，让二蛋媳妇发了疯一样爬起来，对二蛋又揪又打，嘴里当然也不忘一长串极工整对仗的骂词。

我听见梯子咯吱作响，然后看到母亲爬了上来。她假装拿着木锨翻晒玉米粒，那眼睛却一上来便结实地落在了二蛋家院子里。她还侧耳倾听着，不放过任何一句作为重要新闻发布所需的线索。那二蛋和二蛋媳妇已经在院子里撕打开了，完全没注意很多双眼睛正从高空俯视着他们上演的滑稽戏。而当四面八方看热闹的人群都围聚过来，将母亲看向二蛋家院子的视线给挡住了的时候，母亲这才扔了木锨，朝邻院的胖婶丢一个眼色，便兴奋地下了木梯，转战二蛋家的院子里去了。

而我，仍然站在高高的平房上，看着最先由我发现的这一场闹剧，在越聚越多的人群里进行得愈发地热烈。我忽然有些厌倦，重新躺倒在平房上，仰头看着一架飞机从高高的天空上滑过。一群鸟儿排队飞过树梢，又在青瓦上抛下一行白色的粪便。那粪便热烘烘的，犹如此刻二蛋家的庭院。我无需歪头，就能用余光看到二蛋家的墙头上骑满了小孩子。他们像看一场戏一样斗志昂扬，内心充满了希望那戏朝更高处发展的渴望。而女人们呢，则在嘴上奋力地阻止着好戏的上演，试图拿言语的灭火器将大火扑灭，内心却一心一意地期待高潮一波又一波地涌起。

我听着喧哗声浪一股股传过来，有些累了，闭上眼睛，而后在二蛋家的吵闹声中，慢慢睡过去了。

我醒来的时候，二蛋家的好戏已经落下帷幕。当然是没有任何结果，二蛋媳妇依然和二蛋在一个院子里吃饭睡觉干活吵闹，并没有闹出离婚或者与人私奔的新闻。而我，也还是躺在平房上，听各家各户的声音，从四面八方传来。而这里面最清晰的，当然是自家院子里的动静。我想前院的幼儿园同学王小新在我父母吵架的时候，肯定跟我一样，站在平房上，贼眉鼠眼地窥视我们家的战事。因为我很多次看到她顺着平房爬到屋脊上去，假装采摘伸到屋脊上的香椿芽，那眼神却偷偷地瞟向我们家院子。院子里母亲跟父亲已经打起来了，父亲搬着凳子公鸡一样追赶着母亲，母亲则毫不示弱地顺手操起镰刀示威。姐姐躲在房间里，不知如何跨越这片危险雷区。而我比较幸运，提前便爬到了平房上。只是那梯子被愤怒中的父亲给一把拽到了地上，除非战争熄火，我别想再下来。

我不想下平房自寻死路，但也不想待在上面。因为王小新的火眼金睛将一切都窥到了眼底，过不了片刻，我想她就会下平房告诉她的爹妈，而后再用半个小时，传遍整个村子，并招来一群苍蝇一样的多嘴女人们，以劝架的名义，把我们家那点私事给全部挖掘出来。我第一次觉得平房是一个毫无秘密的所在，它再也不是一个自由的天地和无约无束的乐园。我在毫无遮拦的平房上窥视别人家秘密的时候，别人家也正跟我一样，窥视着我们庭院里的喜怒哀乐。

我有些讨厌王小新，尽管院子里一片狼藉，父母打闹累了，丢了武器，各自回屋睡觉去了，可没了梯子的我，却不知如何逃下平房，躲开王小新幸灾乐祸的目光。我平躺下来，让自己缩成一团，而后仔细窥探周围的一切。

我就在那时，发现了庭院里那棵靠近平房的正好可以搂抱的梧桐树。我小心翼翼地抓住梧桐树的一个枝干，而后迅速地用四肢抱住。就在我猴子一样顺着梧桐树滑下庭院的时候，我无意中一抬头，看到了前院的王小新，正捂嘴咯咯笑着朝我看过来。

也就在顺树滑下的那一刻，我对整个村子里的平房，都生出了怨恨。

赶　集

吃饭的时候，母亲叮嘱父亲，去赶集的时候，给她和姐姐买两个小背心来。小背心是白色的，专门给女人们穿的，有些类似当下的文胸。那时我不懂，但知道是新衣服，于是嘴里嚼着豆角，含混不清地提醒父亲：我也要一个！母亲笑话我：那是给大人穿的，你太小，穿不着。我不明白，却因为不能如愿从集市上得到新的衣服，而觉得不开心。况且隔壁瘦叔天天去集市上给人修鞋，每天回来都给他姑娘艳玲带红头绳啊纱巾啊发夹啊之类的宝贝东西，凭什么我就要个小背心，母亲还小气不给买？

于是我就没怎么好好吃饭，吃完了又哼哼唧唧地说自己不舒服，母亲不屑一顾地拆穿我的把戏：我看你就是装病吧！父亲看着我眼眶有些红了，眼泪要掉下来，于是就发了话：算了，今天带你一起去赶集吧。我当即没了病，跳下椅子来，去翻找自己能出门穿的好看衣服。姐姐在一边给我白眼：小心在集上有人将你给偷走了，再也回不了家！我没说话，只哼了一声，算是回应姐姐浓浓的嫉妒。

我就这样坐在自行车的前横杆上，兴奋地跟父亲一起上了路。集市就在六里地远的镇上，骑车大约半个小时，但我觉得遥远得像在天边。怕父亲心烦，将我丢回家里去，我小心翼翼地问了两次：爹，快到了吧？父亲下巴摩擦着我的脑袋，痒痒的，他没说话，只哼着快乐的小曲：花篮的花儿香，听我来唱一唱，唱一呀唱，来到了南泥湾，南泥湾好地方……那曲子叫《南泥湾》，母亲高兴的时候，也会哼唱。我知道父亲那一刻是心情愉悦的，于是就大了胆子，提我心里的愿望：爹，集上有卖爆米花的没？还有香瓜子、红头绳、弹球、铅笔盒、裙子……我一口气列了十几种东西，父亲听了笑起来：真买那么多，你能背回家吗？父亲很少有温柔的时刻，所以他一旦温柔起来，我就觉得整个世界都暖融融的，像冬天的炉火一样。我没回答父亲的问话，却下意识地将后背跟父亲贴得更近一些，好像我真的将整个集市上的东西，都幸福地打包背上了一样。

父亲当然不会空着手去赶集，自行车的后车座上，带了几个他新编的驮筐，一个驮筐卖的钱，能买好多纱巾或者红头绳。如果都能够卖出去，父亲一高兴，说不定还会买一包油条给我吃呢。一路上我看到很多人骑车去赶集，还有赶着小毛驴的，毛驴拉着一地排车西瓜或者白菜，也是要到集市上卖掉换钱的。至于换了钱他们再买什么，我实在猜不出，因为集市上那么多好吃的好喝的好玩的好用的玩意，它们都闪闪发光，珍宝一样诱惑着人，谁也抵挡不住它们的光芒吧，所以也什么都有可能被人们买回去。

集市上新鲜的玩意儿真多，但我也只能先守在父亲身边帮他卖筐。筐是用来给卖苹果西瓜或者馒头蔬菜的人准备的，所以父亲一路走过去，总会有好多熟人给他打招呼，他们的身旁是父亲编的驮筐，有的簇新，有的已经很旧了。于是我便盼望那旧了的小贩，会再买父亲一个驮筐，以便我们可以早点卖完了收摊。只是我每次眼巴巴地看他们一眼，他们只笑眯眯地点点头，连一个甜瓜苹果都不舍得给我，便又去招呼让他们望眼欲穿的顾客了，很是小气。我坐在他们对面，听他们甜言蜜语地吆喝，觉得老实巴交不会喊叫买卖的父亲，跟我一样，有一些孤独。

父亲的驮筐终究还是剩了两个。我拉着父亲的衣角，不知道该说什么安慰被太阳晒得有些疲惫的他。我恨不能坐到那驮筐里去，像古代人那样，在背上插一根草标，示意过往的行人，如果买驮筐，就赠一个小孩。但父亲扭头看见我，还是强打起精神，将驮筐绑在后座上，又将我抱上横梁，而后在太阳已经老高的正午，推起车来，慢慢沿着集市向前走。直到这时，我才会变得兴奋起来。卖筐时那种等待顾客的焦灼感，被卖糖葫芦的、漂亮衣服的、鸡鸭牛羊的、瓜子梨果的，给瞬间扫荡一空。我的眼睛应接不暇，恨不能孙悟空一样，一个跟头跳到云层上，向下将整个横贯东西南北两条大道的集市，给窥个一清二楚，并将视线直接锁定在卖女孩漂亮衣裙或者时髦玩具的摊位上。要是能化作隐形人，悄无声息地将某个自己喜欢的花书包给不花钱掳走，那更是美。

我正这样幻想着，忽然见一个卖瓜子的男人，恶狠狠地扇了一个小女孩耳光，又将她踹倒在地。没有多少人注意被打的女孩，或者，是大家都看见了，但觉得并不新鲜，也就继续欢快地各自买东西去了。只有我，脸烧得通红，好像自己成了那个想要偷偷抓一把瓜子放到兜里的小女孩，被人毫无尊严地踢打在泥地里，嘴巴上流了血，而那些抓来准备回家跟姐姐妹妹一起享用的瓜子，也洒落在自行车或者地排车的车辙里，像一只只行人的眼睛，嘲笑的、冷漠的、同情的眼睛。那小女孩低着头爬起来，什么话也没说，就在卖瓜子男人的骂骂咧咧的声音里，拉起大概是她小姐姐的手，匆匆地混入了人群之中。我曾经很讨厌那些集市上混迹人群中的小偷，可是，我深深地同情那个或许会一生在心底留下阴影与疤痕的女孩。

这样偶然闯入的低落情绪，要在逛上一长段距离的集市，并且父亲给我买了好吃的零食之后，才会慢慢消散。我会边吃着零食，边旁敲侧击地提醒父亲，我想要的还有裙子书包文具呢。当然，这些提醒，要看父亲的脸色，如果他被拥挤的人群给影响得心情愉悦起来，那多半我的愿望都会实现；若是他焦躁不安，而且车子后面的驮筐经常因为撞了人，而遭来行人的抱怨，那么，我的一切计划便都泡了汤。倒是母亲让父亲捎的小背心，父亲是断然不会忘记的，否则回去会被母亲好一阵责骂。

再长大一些，我便会随着能骑自行车的姐姐去赶集了。姐姐虽然不愿意带着我，但是她拧不过母亲，只能将我这样一个讨人厌的家伙一把放到后车座上，而后一个“前掏腿”，从横梁跨上自行车，跟着她那些同学朋友们，说说笑笑地赶赴集市。对于跟姐姐一样大的女孩子们，赶集是一个盛会。而且她们有自己的语言和小世界，有时候还会说一些我听不太懂但又觉得似乎应该脸红的玩笑。我跟她们谈不到一块去，况且她们根本不屑搭理我，在她们眼里，我只是一个无用的小跟班，除了在姐姐的后车座上沉甸甸的，还不如父亲的驮筐更有价值。

所以她们一路上基本都不会跟我交流，好像我是一团空气。她们会聊集市上卖的纱巾的色泽与款式，口红的价格与颜色，谁的发夹配衣服更好看，有没有耳环跟电影里明星一模一样的。我一心一意只想着我的文具盒的盖子快要掉下来了，所以对她们的聊天有些厌烦。不过她们还有让我更厌烦的事呢，就是明明说的是去赶集，却在集市边上的一家照相馆门口停下来，进去拍婚纱照。那婚纱照上的女孩，洋溢着幸福，而“男人”呢，也是一脸的意气风发。男人当然是同行的女孩子假扮的，否则回家被人看到，非得被认为是提前办了那事不可。“男人”的装扮，一定是绿色军人的衣服，帽子戴得有些歪，带着一些俏皮，也或者是摄影师忘了叮嘱照相的女孩了，以至于女孩子一激动，将帽子给胡乱扣在了脑袋上。我站在边上，想要过去捣乱，比如伸个手指在镜框里，或者拉姐姐衣袖，让她赶紧陪我去赶集，否则，我回家一定给爹妈告状。可惜连摄影师都不在乎我会怎样闹腾，因为那相片出来后，只留下中间假惺惺的两个人，至于两人之外的乱七八糟的玩意，全被一个彩虹样子的圆圈给模糊掉了。

照片来取的时间，姐姐当然完全托付给了别人，因为这事是属于保密级别的。连我，她们其实都想防着的，所以便在出了照相馆之后，忽然间意识到我的存在。于是姐姐会回头看我一眼，小心翼翼讨好道：一会姐给你买好吃的，你想要什么就要什么，当然了，你得听姐姐话，别让爹妈知道姐姐和别人在集市边上做什么了。我老老实实地点点头，但脑子里完全进不了她们的秘密事。而姐姐呢，却不会再将我忽略掉，到集市口上，先整一个大大的棉花糖，占满我的嘴巴，而后再循序渐进，开始了她唐僧一般念紧箍咒的程序。我知道姐姐是怕我告状后，爹妈不仅将她很快可以看到的照片给撕掉，更可能直接一道圣旨，将她赶集出行的权利给剥夺掉。

而我悄无声息地就自己琢磨清楚了，与其听姐姐无休无止地絮叨，不如立刻答应了姐姐的请求。于是我便信誓旦旦地朝姐姐保证：你们放心，我肯定不会告诉咱爹娘的。姐姐如释重负，一高兴，我最想要的铅笔盒，就这样顺利地收入囊中。

赶集的日子，都是确定好的，一周一两次的频率。于是我们家有针头线脑需要用，便会翻箱倒柜地找找有没有什么值得一卖的玩意儿，搜罗出来，让姐姐或者父亲拿去换钱。姐姐当然不愿意穿着她的花裙子、戴着她的小丝巾，在鸡鸭乱叫的集市上，蹲在泥地上等待买主。她宁肯自己不去赶集，也不愿意当个卖东西的小贩。所以这样卖货换钱的重任，便都交给了父亲。于是一年到头，父亲时不时地就被母亲给派遣到集市上，将鸡啊鸭啊猪啊牛啊西瓜啊柿子啊，拿去卖掉，而后换回家里针头线脑的零碎东西。

母亲当然也是愿意去赶集的，不过她赶集的次数还没有姐姐多，因为她要看家，跟一条忠实的狗一样，蹲踞在家里，防止外人不怀好意地打量或者偷盗。我跟母亲出去赶集的次数，寥寥可数。但记得一到夏天，西瓜熟了的时候，母亲会跟父亲拉起一地排车的西瓜，哼哧哼哧地去镇上集市卖掉。一车的西瓜，并不好卖，因为这根本就不属于稀有物品，几乎每隔几个摊位，就有一个卖西瓜的。那西瓜比我们家的一点都不逊色，打开来，全是皮薄瓤沙的甜蜜蜜的瓜。那买瓜的人也很讨厌，为了验证瓜是否好吃，在买之前，总是会让父亲切一个三角形的小口，而后拿出来，尝一口，或者看看颜色够不够红，再决定是否将裤腰带里拴着的钱数几张出来给我们。

好在我们家的西瓜跟村子里女人们的肚子一样争气，打开后，大部分都会被买主相中，并顺利地卖出去。否则，接连打上几个，如果都不熟，就算是白白拉了一车瓜来出售了。不过有时候也会遇到集市上的无赖，切完后明明也吃了一大口了，却硬是说瓜不好吃，水太大了，被雨水淹了吧。等挑完了毛病，那人便抹抹嘴唇，大摇大摆地走了。我站在后面，真想自己更有力气一些，这样就可以直接抓住他们的屁股，给一把摔到天上去。

卖瓜好歹能收到现金，让父母可以当场换成其他的日用品，并给我一些物质上的奖励，慰藉我在太阳底下晒了几个小时的苦劳。但若卖的是其他东西，就有被人赊账的危险。赊账的当然都是熟悉的乡亲，有时候也会是外村的远房亲戚，不好意思不赊，也就只能任由他们拿走我们家的驮筐啊粪箕子啊，并一连串地保证马上会将钱给送过来。他们嘴里的“马上”，并不能信以为真，八成是要拖延到年后的。

某年我们家养的猪，就没有逃过赊账的命运。那时候流行劳动致富，父亲随大流，养了七八头猪，结果，猪到了上刑场的日子，人却发了愁，因为养猪的实在太多了，多到猪肉严重贬值，还不如青菜值钱。以至于最后父亲不得不杀猪卖猪肉，以期换回更多一些的收入。猪算是顺利杀了，可是拉到集市口上去，却千呼万唤都没几个人过来问价。大热天的，父母着急，就去找在镇上小学里当老师的姨夫，让他问问拿国家工资的老师们，是不是愿意买一些我们的猪肉。姨夫没能找到赞助的老师，却为我们找来了一群派出所的公职人员。而且让父母高兴的是，他们愿意买下半车的猪肉，作为福利，发给即将过节的工作人员。

不过父母都高兴得太早，因为派出所以要报销费用为借口，将钱一再地拖延下去，并且成为我们家最为漫长的一次积账事件。等到那钱最终被派出所给想起来，且还上时，已经过去二十年，我从一个孩子成为完全能够支撑家庭花费的“女劳力”。我当然完全忘记了那笔账目，但母亲是清清楚楚地在心里的账本上记着，以至于她提起那次卖猪肉事件，我已经印象有些模糊，不记得究竟是哪个派出所的人，买了猪肉却自己忘记了，将账给稀里糊涂地拖延了那么多年。

我问母亲，赊下的猪肉有多少钱？怎么就忽然间想起来要还我们？母亲听了笑眯眯的：两千多块呢，多不容易，人家还能还我们，我以为就这样被赖掉了呢，还是新来的官有义气，没忘了我们这笔账，听说其他那些陈年旧账，也给一一算清了呢。不过村里大春她爸没福气，当年跟你爸年年扛着棉被过去讨债，债没讨到呢，人先病死了。唉，大春嫁了人，儿子们也各立门户，谁还管得了这些呢？他这一辈子，可真是倒霉啊……

母亲絮絮叨叨地说着，我却不知为何，忽然就想缩小下去，回到那时赶集的日子，不是很没出息地让父母给买吃的喝的，而是去看一眼我们村里的大春她爸，告诉他说：你快回家去吧，别大冬天的扛着棉被去等了，等来等去，你是到死也等不到钱还上了的，所以不如休息休息，继续去卖别的什么东西，换家里的针头线脑吧。

没有人搭理我脑子里的这些臆想，房间里只有母亲喜滋滋的，好像中了百万彩票一样絮絮叨叨地，将那两千块钱，提了又提，说了又说……

讨　债

父亲过烦了勤俭节约的苦日子，忽然间想要发家致富。

于是他撺掇了大春她爸，两人一起商讨挣钱的好门路。大春家比我们家更需要钱花，因为除了大春，其他四个都是男孩，也就是说，大春她爸不给四个儿子挨个挣钱盖房娶上媳妇，他这辈子，就别想安生地结束。即便是不小心呜呼离世了，八成儿女们也会抱怨他，会在别人家过着通红的好日子的时候，想起他的不负责任来，并吹胡子瞪眼地对着他的遗像指指点点。所以大春她爸穷不起，听我爸一提要在种地之外做点副业，立刻举手赞同，让父亲一定要带上他一起发财。

至于折腾什么挣钱，父亲是早就想好了的。他专门花钱跑到邻镇去学习养猪的先进技术。据说那养猪专业户是报纸上曾经报道过的女大学生，不过人家跟父亲不是一个人生境界，女大学生毕业回家是为了带领乡亲们一起寻找致富之路，父亲则是为了自己发财。不过父亲在参观了女大学生打扫得犹如庭院一样干净的养猪场以后，就决定也要立刻上架五六头猪崽，先在我们家猪圈里做个小型试验，等试验成功了，他也要在村子里开办一个大型养猪场，到时候呢，让大春她爸来当副厂长。

大春她爸被父亲描绘的美好未来给吸引住了，当即拍板，要加入到父亲的团队中来。于是在村子里集资办养牛场，结果牛全死光了的那一年，父亲下血本买了猪崽及精良的猪饲料，比伺候我们几个孩子还要精心地养起了小猪崽。三四个月之后，父亲的第一批小猪崽，就长成了壮硕的大肥猪，一个竟然有二百多斤重。看着在猪圈里胖得快要活动不开的猪们，父亲心里乐开了花。他跑到大春家去，见他们家的猪，也是一派喜气洋洋的丰收模样。两个人一合计，将猪卖一部分给村民，一部分拉到市场卖，还有一大部分，卖给邻村的猪贩子李二狗。

卖给村民的，钱很快就收回来了。父亲拉到市场的那部分，被派出所打了两千块白条，全拉去了。父亲一贯相信公家人，将白条当黄金白银一样好好收着，好像那条子能当钱花出去。而那更大的一笔钱，则记在了李二狗的账本上，说当年付清，却始终没有兑付成现金。

年底一到，大春她爸急了，来找父亲，两个人商量着一起去李二狗家讨债。作为养猪主谋人的父亲信誓旦旦：李二狗如果不给钱，我们就回家搬了被褥，过年住在他家大吃大喝，非把他吃穷了不可！大春她爸有些惶恐：如果他赶我们出门怎么办？父亲双眼一瞪：欠债不还，他还有理了?！怕的是他李二狗，不是我们讨债的！

于是本该欢庆团圆的年节一到，父亲就跟着大春她爸骑自行车去了邻村。就在我们盼着父亲将钱给讨回来，欢欢喜喜过个富有的新年的时候，当天晚上，父亲就拐了回来。进门后他一声不吭，径直走进卧室里去，抱起铺盖卷就走。母亲着了急：你们还真住李二狗家里不成？父亲头也不回，丢下一句：我不耗死个龟孙李二狗，我就不姓王！

父亲一走，家里就冷清得要死，谁都不开口说话，好像谁先开口说话，谁就冲淡了父亲讨债带来的悲伤。或者父亲会在讨债的人家里，遭遇欺负，夜里被连人带铺盖卷地赶出门去。天那么冷，想着父亲在人家屋檐下讨债，有没有饭吃也不一定，有没有床睡也不一定，我们怎么能够快乐起来呢？有人来家里，找父亲做事，看到他不在，便问母亲：老王干吗去了？母亲有点不好意思：呃……他去邻村办点事。那人又问：啥时候回来？母亲支支吾吾不肯开口。那人立刻心领神会：是去讨那笔卖猪钱了吧？母亲红了脸，对方却并不看母亲的脸色，或者就是故意让母亲难堪，继续提醒道：一到年底，讨债的就多，这时候不讨债，年都过不了。母亲终于不再搭理那人，连我和姐姐都听出来那人的言外之意，是我们家穷得不讨债就揭不开锅，过不了年了。那人也知道自己说得过了，讪讪找两句废话说完，便走出去了。

而此时的父亲和大春她爸，正在李二狗家的偏房里，胡乱找了个角落，铺开了被子，准备住到李二狗从外面躲债回来再走。据父亲说，他们还没有进门呢，李二狗媳妇就将李二狗给撵到某个亲戚家去躲着了。李二狗也心虚，走前还买了一包好茶叶，让媳妇多整点饭菜给父亲他们。但每次问李二狗何时回家，他媳妇就是模棱两可，一会说明天，一会说后天，一会又说她也不知道呢。父亲急性子，冲他媳妇喊：那我们俩就在你们家过年了！李二狗媳妇吓得哆嗦几下，大春她爸为人宽厚，被人欠了钱还心底良善：嫂子，你就让李哥回来吧，怎么着也得给我们还点过年的钱吧，孩子们都等着吃糖买新衣服呢，就是你们家几个孩子，不也得等着李哥团团圆圆地过年不是？大家都不容易，我们养猪折腾近半年，起早贪黑地，辛苦得很，就说李哥贩猪，不也累瘦了不是？

李二狗媳妇大约被这一番苦情说辞给打动了，出去拾掇几个好菜，让父亲他们进堂屋来吃了。吃人家的嘴软，父亲他们两个大老爷们，一天天闲着也没事，又看李二狗媳妇一个妇道人家，带着一窝子猪崽似的孩子不容易，就主动帮他们家干点活，比如喂猪啊喂牛啊打扫庭院啊，等等。街坊邻居来串门，知道他们是来讨债的，但给留个情面，也不说破，只聊几句家长里短、收成之类的废话，也就走了。

躲在亲戚家的李二狗，日子也不好过，而且快过年了，亲戚家人多事杂，李二狗一天天闲着无事，总是遭人嫌弃，不掏点钱出来，更让人烦，于是他这躲债的，每天得变着法子讨亲戚家欢心，让人家容他多住两天。但即便这样，亲戚也还是拿话来提醒他：有这时间躲债，还不如去挣点钱给人家还上，天天将钱存着，不还人家，算什么男人?！李二狗心里憋屈，但还得装聋作哑，好像那些奚落跟自己无关。

李二狗估摸着父亲他们差不多走了的时候，就灰溜溜地回了家。不想，一进门，就撞上了正在给他家牛饮水的父亲和大春她爸。当下三个人打个哈哈，算是不计前嫌，只关心这个年是否能顺利度过。父亲总是开门见山，问李二狗，他们的钱筹措到手了没？大春她爸则委婉得多，对李二狗说：知道李哥你也着急用钱，但大家都不容易不是？所以过年了，就算照顾一下我们家孩子，先还一部分钱给我们吧。

李二狗年年躲债，也躲出经验来了，知道怎么对付像父亲他们这样讨债的人，他先是好酒好饭招待父亲他们一顿，又解释说自己不是出去躲债了，而是亲戚家有事帮忙去了。又诉苦说，那笔钱呢，宰猪场还欠着他没还，他也得这两天出门讨债去，如果讨回来呢，就给父亲他们送过去，所以就不用麻烦父亲他们再跑一趟了。这样的谎言，在第一次，父亲和大春她爸还信以为真，但是第二年再说，他们就不相信了。因为这明摆着就是要骗他们回家待着，以便李二狗一家方便过年。大春她爸有些动摇，因为家里还有一大堆事等着他做，女人和孩子终究撑不起整个家来。但父亲一副要将双腿长到李二狗家的架势，始终不肯被李二狗家的好饭好菜收买。

最终，大春她爸一个人先回家了，留下父亲继续守候在李二狗家，为了一定要讨一些钱回家的目标，而扎扎实实地白吃白住下去。母亲得知大春她爸回来的消息，忙不迭地跑过去，问父亲怎么没有一起回来。大春她爸叹气：老王太执拗了，非得要钱回来不可，但我看那李二狗家日子，也不是太好过，所以还是算了，明年他们有钱了，再去要吧。母亲听后落寞地回了家，见我和姐姐待在家里就知道玩，连一壶水也没有烧，就骂开了：天天玩玩玩！一点活儿也不知道干！挣钱这么难，还得养你们这两个懒猪！姐姐听得懂母亲的言外之意，马上提了水壶去烧水，我却依然傻乎乎地在院子里玩弹球，恰好母亲经过，飞起一脚，将我的弹球给踢到猪圈里去了。

我于是恨那个叫李二狗的猪贩子，并对父亲回家的那一天，又期待又恐慌，怕父亲气恼，也飞起一脚，只不过，是将我给踢到猪圈里去。猪圈里已经安安静静的，什么也没有了。那几头肥猪，早已经化成了某个人肚子里的肉。父亲第一次发家致富的梦想，也被它们给一起带走。一转眼，父亲已经去了一个星期，他在李二狗家吃什么呢？会有他喜欢的煎饼吗？如果他想喝一盅呢，人家会将自己喝的倒他一点吗？他睡觉的时候，是直接睡在泥地上，还是有草毡子铺着？我心里充满了很多的疑问，恨不能插上翅膀，飞到李二狗家，看看父亲是不是被他们欺负了，或者绑在门柱子上饿了几天。

父亲回来的那天，马上就到年了，别人家里都在炸丸子、炸藕盒、包饺子，我们家却因为缺少了父亲而冷冷清清的，什么也没有准备。父亲一脸的冰霜，让我们知道这一次他又空手而归。母亲什么也没有问，而是开始忙着和面做饺子。家里有让人觉得压抑的沉默。母亲将馅子和好了，一家人都洗干净了手，坐在桌子旁开始包饺子，那上了冰的空气，才被炉子里热气腾腾的沸水，和一圈圈排成好看的圆形的饺子，给慢慢融化掉。父亲喝了两三盅白酒之后，心胃都暖和了一些，终于有了一些笑颜。一家人谁都不提及去李二狗家讨债的事，年的气氛，一步一步走近了，那些欠债讨债的事情，暂且都搁到明年再说吧。

第二年父亲再和大春她爸去讨债的时候，家里也来了一个邻村讨债的男人。是父亲编筐欠下的树条子的钱，因为筐卖给了收购的人，钱却打了白条，所以父亲也就没办法还卖树条人家的钱。那个男人被母亲称作老刘，老刘不怎么爱说话，来我家后，径直就坐在饭桌旁，自己拿筷子和碗盛面条吃。母亲说了几次，父亲出去讨债了，讨债回来有了钱，就给他家送去，但老刘就是不吭声说回去。吃完了饭，老刘还会刷刷自己的碗，放回碗柜里。而后他便坐在院子里，倚着墙根眯眼晒太阳，好像，他是我们家里的某位老爷。

有时候老刘还会跟我说一会话，我每次都看看母亲的脸色，如果母亲朝我瞪眼，我就赶紧溜掉，任老刘手里有什么宝贝诱惑我，也不上前靠近。如果母亲和颜悦色，她自己也跟老刘唠嗑说一些闲话，我也会放松了警惕，回答老刘的诸如学习啊考试啊之类的问题。我从老刘跟母亲的唠嗑中，知道老刘家的女儿跟我一样大。他也正和父亲一样，愁着明年开春上学时孩子的学费问题。母亲听了这话，吓一跳，赶紧将问题朝别的与钱无关的方向上引。可惜，老刘已经打开了话匣子，即便母亲不搭理，他也继续喋喋不休地说下去。而我，就倚在墙根旁，一个人孤独地玩着纸牌。老刘大约从我的身上，看到了自己家的孩子，他忽然间变得内心柔软起来，还教我叠复杂的纸牌，或者青蛙天鹅之类的纸玩具。有时候我还会跟他争执几句，抱怨他叠得没我好。老刘这个时候，就呵呵笑起来，好像他在陪着自己家的姑娘玩一样。冬日的阳光暖暖的，晒得脊背有微微的烫。鸡们在院子里奔跑，拉着新鲜的粪便。猪圈里已经有了新的小猪，不过只有两头，应景一样点缀着这个寂寞的院子。我仰头看着天空，那里深蓝深蓝的，有些醉人眼睛。老刘也跟我一样抬头看天，只不过，他却发出一声长长的叹息。

老刘终于没有父亲的耐心，住了三四日之后，便卷铺盖回了家。那时，村子里已经稀稀拉拉地有了送小年的鞭炮声。我和母亲将老刘送出门去，母亲带着歉疚的笑，让他慢走。老刘挥挥手，叹一口气，说：等老王回来，好歹，有了钱，给我送一些吧，就算大家都过个好年不是？母亲再一次谦卑地点点头，说：放心吧，一定一定。我不知为何，看着老刘佝偻的腰，忽然间有些难过，好像，少了一个陪我玩纸牌的小伙伴一样。

每年的春节，大人们都玩这些躲猫猫的游戏。有时候，讨债的和欠债的，会在巷子口碰了头，彼此都叹着气，抱怨着不好的年景，和总是拿不到的钱。小孩子们也便在大人的愁闷中，心事重重着，过早地感知着那不属于童年的生活的艰辛。我盼着过年的时候有新衣服、新文具、新鞋子，可是这些都在欠债人那里，要看欠债人的脸色。我知道也一定有一个跟我一样的小孩，在等着父亲将钱还给他们家，他（她）也会忧心忡忡地等着除夕那一天的到来吗？会和我一样，站在巷子口翘首期盼着自己的父亲吗？我真希望能见一见那个小孩，将心里相似的烦恼，讲述给他（她），或许我们两个人，还会倚在墙根上，玩一会弹球，踢一会毽子，然后就拍拍屁股上的尘土，回家等各自的父亲讨债回来。

我和同在一个村子里的大春，却从没有说过话，她年长我两岁，便有了让我觉得遥远的成熟。但我知道她父亲心底的苦楚，在每年快要过年，他来家里叫父亲一起讨债的时候。

那一笔钱，最终被父亲讨回来的时候，已经过去很多年。大春她爸患了癌症，早已经离开人世。他到底没有父亲的耐心，等待那一笔钱回家，给他置一口上好的棺材。

家族日记

父亲的日记本，锁在抽屉里，更像是一本隐秘的家族史，我每次避开他翻阅，都有回望父辈一代人艰辛劳作历史的感伤。

可以查询到的日记，是从一九七二年开始记录的。那时的父亲十八岁，高中即将毕业，父辈皆为农民，他当然没有希望继续大学的教育，所以他的日记本里，一边激情昂扬地写着标语口号似的《论人生理想》，告诫身边同学，应该为国家前程而努力奋斗，一边很务实地记录着如何栽培倭瓜的技术。想来那个时候的父亲，应该是有些不甘心的吧，那本日记，还是学校给予他这样一个毛泽东思想文艺宣传战士的奖品，他又热爱文字，吹拉弹唱，样样都行；可即便如此，他也逃不掉回乡务农的命运。那时的奶奶，有些怕事，看出父亲思想动荡起伏，被村长找去谈话，便趁机将他最喜欢的《聊斋志异》和其他书籍，全部扔到炉灶下烧光。大约，这样的一把大火，将父亲还向往着外面世界的心，给彻底地烧为灰烬。所以此后父亲的日记本里，除了一些自娱自乐创作的歌曲、小说、散文，便再也没有了高谈阔论似的人生理想。而关于栽培农作物的脚踏实地的文字，开始在父亲兼做日记、摘抄本、记账本等多项功能的笔记本里，频频地出现。

那个时候的父亲，还没有结婚，所以在劳作之外，他有很多的时间，可以用文字倾诉。他写村子里编起席来双手灵动如飞的年轻嫂嫂，用满腔的热情记录着乡村的变化，还为他的偶像毛主席写下一首接一首的赞歌，借鲁迅的文章点评时事，用革命的激情评价电影《卖花姑娘》和《英雄儿女》，甚至还自我鼓励，明天将会有多么美好的人生。他的口琴和笛子为他带来了细腻悠长的思念，以至于日记里还有《送情郎》的热烈歌词，和“士为知己者死”的一抹惆怅。至于这样缥缈的心思，是写给谁的，或许连父亲自己也已经忘记。可是，日记却为他记录了萌动不安的青春，让我在回望这段没有我参与的历史的时候，看到了他沉默寡言、让家人始终不能理解的暴躁背后的一抹温暖。

在与母亲结婚以前，父亲不停地在乡村寻找自己的出路。他在日记本里不只是记录庄稼的种植，还有编织柳条筐的技术，治病救人的药方。这样三个不同的谋生技能，贯穿了父亲的一生。他自此做过很多的营生，但从未离开过土地和庄稼，他对于土地的依赖，是渗到骨子里的，他因为这几亩地的存在，而像城市里有退休金的老人们一样觉得人生安稳，有饭可吃，尽管，在我们姐弟三个相继出生以后，这片土地只能让他勉强温饱，他需要做一些别的小生意，才能有供我们读书的额外费用。可是，他依然尽职尽责地做着一个农民，在应该上交公粮的时候，带上我去交公粮。我的整个的年少时光，似乎都植满了坐在板车上由父亲拉着去粮库的记忆。粮库里人总是很多，父亲夹在长长的队伍里，与乡民们一边聊天一边等待，间或给我一个卖完粮食买一包油条的明亮许诺。那时的父亲，相比起结婚前，已经慢慢沉淀下来，开始接纳自己成为农民的事实。而作为人生技能的编筐，给乡民们打针，则不过是换取更好一些生活的副业而已。

但我对于父亲编筐的副业，始终心怀惧怕。他年轻时有着能让柳条自如翻飞的使不完的力气，那些用来盛酒的硕大的酒篓，或者精巧的水果筐、粪箕子，在父母是可以换钱的工具，在我，则是他们随时可以抽出一根粗壮的柳条来打在我身上的疼痛，当然也包括父母吵架时，被他们用来作为各自“武器”

的恐惧与悲伤。父亲的手掌，因为这些柳条的磨砺，变得粗糙冷硬，犹如一面可以毁掉任何东西的铁砂掌。生活的困顿与艰辛，让他暴躁易怒，并因琐碎的烦恼，而让铁砂掌时不时地落在我们姐弟三人的身上。我因此将对父亲的恐惧，转移到这些可以换来我的学费的柳条身上，但它们每年都高高地堆在庭院里，历经着风吹雨打，向我昭示着生活的强大冷漠和不可抗拒。

父亲的日记本里，还记录着一些讨债者，和他被人欠下的柳筐的费用。我能够记得起一个与父亲一样瘦弱的男人，每逢过年，便携了铺盖卷来到我家，不声不响地等父亲给钱。他从来不跟母亲吵闹，自顾自地在我们做好了饭时，拿来凳子和碗筷闷头吃饭，而在夜晚来临时，又在厢房里打好地铺，倒头睡觉。而我的父亲，也与他一样，在年关到来时，卷了铺盖去别家讨债，常常这个讨债的男人熬不住走了，父亲还奔波在一家家讨债的路上。除了欠下的钱，父亲也一笔一笔地存钱，每一笔最多不过一千，最少只有一百，都是银行定期，一年两年三年五年，那是一个农民对安全感的存储，他用这样的方式，与生活讲和。

至于在村子里做赤脚医生，养殖蘑菇，去山西采煤淘金，做煎饼，捉蟋蟀，在父亲的人生中，不过是一些小的波浪，它们时不时地就跃起，给予父亲生活的激情，但最终落下潮头，回复至平静的农民生活。他的日记本，因此丰富多彩，有对各类疑难病症治疗方法的记录和研究，蘑菇对光照水分的需求标准，在山西挖煤分文没有挣到但回乡途中依然花费几元钱洗澡理发的简单记载，还有摊煎饼时每家每户所欠粮食的记录。曾经，在我读小学时，因为他的手表被人偷去，母亲与他大吵一架，他气愤之下，悄无声息地买火车票去了武汉，投奔远方亲戚，并试图在那里找一份可以谋生的工作。而不知他去向的母亲，则焦虑地四处找人算卦，打探他的消息。父亲在一个月后，才肯写信。而那封信，也是亲戚代笔。我记得不识字的母亲迫不及待地打开书信，让我和姐姐读给她听，因为字迹潦草，我们读得磕磕绊绊，遭来母亲一通责骂，她用呵斥我们白白读书的方式，流泪倾诉内心的悲伤。一个月后的深夜，父亲出现在门口，手里提着新买的橘子，剥给我和姐姐吃。而日夜期盼父亲平安归来的母亲，则假装睡着了，在卧室里无声地哭泣。那几斤橘子的价钱，在父亲的日记本里，被准确记录下来，只是这橘子背后的故事，他却只字未提，犹如，它们从未在我们的生活中发生。

几年后借助一个去园林所打工的机缘，父亲进入了县城，并寻到一种帮人疏通下水道挣钱的谋生方式。那时我已读了大学，父亲带着母亲和弟弟，住在一个每月四十元租金的破旧小院里。记得刚刚搬进去时，母亲看着裂了一条大缝的墙壁，伤心地哭了。是父亲买来石灰水泥，将那些破败的地方，一点点地修补起来，又在泥泞的院子里铺了一条红砖的小路，还换了

冬日的阳光暖暖的，晒得脊背有微微的烫。
鸡们在院子里奔跑，拉着新鲜的粪便。
我仰头看着天空，那里深蓝深蓝的，有些醉人眼睛。

一个好看的铁门，让这个收破烂的人都不想租住的院子，现出一点朴实的生机。我们在这个县城的角落里，一住便是五年，而父亲的日记本里，也记录了五年来每一笔疏通下水道的收入：二十，三十，五十，一百，二百……它们像水滴一样，汇成一桶一桶带着房檐上泥沙的水，并最终积攒到买下一栋二层小产权楼房的钱，让我们一家，自此真正地在县城里可以挺直了腰杆生活。

那个时候的父亲，几乎不再看书，也不写日记了。偶尔，他闲下来，会打开一些收购来的废书报纸，看到一些心灵鸡汤类的人生格言，就摘抄几句。窗外的雨沿着长了青苔的房檐滴滴答答地落下，我在远方的大学里开始写作，弟弟正在茫然地为高考而念书，母亲沉沉睡去，那台破旧的电视一到雨天便发潮看不到图像，父亲就这样在寂寞中打开日记本，记账，并写下一些零碎的只言片语。没有人与他交流，即便是母亲，也不曾真正地理解过他。生活从那些关于国家、革命的激情思考，彻底地成为简单的数字和账簿。他或许忘记了曾经喜欢四大名著的文学时光，忘记了去山西武汉打工淘金的理想，忘记了他还买过流行歌曲的书，自己制作过笛子，会吹奏爱国的歌曲。他甚至为了省钱和身体健康，很坚决地戒掉了烟酒。他是《新闻联播》忠实的观众，真诚地喜欢着每一部中央一套播出的可以慰藉他夜晚孤独的电视剧，并认真地向我推荐。他的脾气，因为生活境况的慢慢好转，和疏通下水道的一技之长，以及始终不曾丢掉的土地这一最后的“养老保险”，而慢慢变得和缓，不再似昔日那样有一触即燃的暴怒。

而父亲依然将一本一本的日记，像存折和他的口琴一样，仔细地锁在抽屉里，就像锁住一个家中所有人都不会告知的秘密。我从来没有告诉过他，我曾经翻看过那些日记，我们彼此永远不会交流这些私密的话题，就像弟弟无意中翻看了我青春时期的日记，我红着脸将他臭骂了一顿；我想这样的记录，只属于他的内心，他不允许人打开，犹如不允许人揭开他在一次讨债时，被几个身强力壮的痞子打得头破血流的伤疤一样。我只能这样看着他在无事可做的傍晚，提着马扎，拿着小小的收音机，像很多个退休了的老头，在县城一角的余晖里，投入地看一些不相识的闲人，下一盘不计输赢的象棋。

我知道那个时候的父亲，他已经不再关心曾经写下的一个家族的日记。

关于故乡的一切

读小学以前，家里住的院子里，有很多树，都是梧桐；人小，我绕着树走一圈，似乎都很费时。夏天的时候，大雨过后，院子里会冲出很多“结了龟”（蝉的幼虫）来，它们慌慌张张地想重新爬回窝里去，可是笨拙的身体划啊划，终究还是跑不过我尖叫着捉住它们的速度。村子里人说，一个“结了龟”的营养价值，能顶一个鸡蛋，于是一个夏天，我就每天可以吃到很多个能唱歌的鸡蛋。村子里还有一片茂密的树林，依然是梧桐，那里的梧桐更粗更壮，抬头看也看不到顶，好几个小孩子围起来，才能绕一株梧桐树一圈。晚上母亲会带着我们，拿着手电筒，去树林里“摸”“结了龟”。我们一边走，一边跟着母亲唱：结了龟，爬树根儿，一爬就是一小堆儿。除了“结了龟”在夜晚出没，还有同属于蝉科的小“叽叽”“嘟嘹”，它们皆小如半个拇指，是袖珍型的蝉，但颜色特别漂亮。有时候也会摸到蛇，绕着树干，冷飕飕地向上攀爬，或者在树根旁的洞穴里，当你用食指伸进去探究有无“结了龟”的时候，它们的小脑袋就软绵绵地探出来，让你吓得一屁股坐在地上，愣一会儿神，才屁滚尿流地跑到大人身边去。

夜晚回来路过坟地，总会看到蓝莹莹的鬼火，跟着人，不远不近的，像个冤屈的幽灵。如果你跑，它们也会跟着跑，追着你，无声无息的，恨恨的，让你头也不敢回，脊背上全是冷汗，回到家里跳进被窝，闭着眼睛半天不敢出来。

有小孩子因此就被吓住了，半夜里啼哭不止。村头的电线杆上，便会被请来的“嬷嬷”贴上一张纸，上面有字道：天黄黄，地黄黄，我家有个夜啼郎，过路君子念三遍，一觉睡到大天光。过不了多久，小孩子竟是真的好了。有时候嬷嬷还会细究一番，用一碗小米，倒扣在布上，拿筷子敲着祷告一番后，再正过碗来，打开红布，就会看到盛着小米的碗里的某个地方，缺了一个小口，而这个小口对着谁家，便可能是小孩子被谁家的魂灵给吓住了。

弟弟胆小，常常会请嫲嫲来，熟悉了我便会跟着嫲嫲回她家玩。嫲嫲家有一堆的孩子，最后一个小的才是儿子，为了好养，起名钢蛋。钢蛋其实长得挺帅，个子高高的，走在村子里的弄堂里，很晃人眼，只是因为小时候打针，被打瘸了一只脚，于是他走路就总是一瘸一拐，看上去好像晃动的树叶，有些漏光。姐姐们相继出嫁后，钢蛋也跟着出去了，不是做女婿，嫲嫲舍不得，而是外出跑服装。不过服装没倒腾来，倒是给嫲嫲倒腾来一个儿媳妇。儿媳妇挺漂亮，家里父亲和哥哥都去世了，一心一意觉得钢蛋有男人味，死心塌地地要嫁他。钢蛋没法子，也就随了她，只是结婚后的钢蛋，跑不出去了，被媳妇拴在了裤腰带上，只能在院子里养猪。村子里人都笑他，但钢蛋渐渐尝到了甜头，他觉得在哪儿也没有在床上舒服，尤其，是跟媳妇眼对着眼说一些甜言蜜语。

我再长大一两岁，开始喜欢去年轻的小媳妇家串门，看着她们纳鞋底，或者绣鞋垫。钢蛋家的媳妇手巧得很，家里很穷，却变戏法一样变出好吃的“鸡蛋呱嗒”来吃，香喷喷的，还夹着香椿芽。钢蛋媳妇吃一半，留一半，那一半当然是给钢蛋吃。全村人都说，钢蛋媳妇疼钢蛋，像钢蛋娘疼钢蛋一样。不过在我看来，钢蛋媳妇再好，也没有“半熟儿”对他老婆一半好。半熟儿之所以被称为半熟儿，是因为村里人觉得他老是做半吊子事，出去打工挣不来钱，蒸馒头出去卖，半路上风将馒头吹跑了，他自己却丝毫不知道。这也不算，在爹娘面前，竟然敢跟媳妇打情骂俏，搂搂抱抱，简直丢死爹娘的人了。

半熟儿的媳妇算是骗来的，他去东北挖煤不到半年，没挣着钱，领回来一个俏媳妇。半熟儿媳妇真是俏，脸白白的，涂脂抹粉的像大小姐一样，还穿丝袜，有了钱就随手往丝袜里一塞，男人们就笑话，说这习惯像个什么什么似的。像什么呢？我不太明白男人们的玩笑，但总归觉得她很风骚，尤其是她叼着根烟在大街上走来走去闲逛的时候，男人们的视线就都被吸到她的身上了。有人会套近乎，给她一支烟，她一点都不拒绝，凑过头去让人家给点上。火还没着，大门里面就响起女人赶着鸡鸭的叫骂声了：骚货，一天到晚就知道到处拉，一个蛋也不下，喷老娘一身尿骚味！男人听了一哆嗦，火差点烧着半熟儿媳妇的眉毛。那眉毛是画上去的，长长的，黑黑的，挂在上面，像两个弯月亮。不，那下面的眼睛才是弯月亮呢，眉毛该是柳叶才对。男人尴尬地笑一笑，就进了家门。半熟儿媳妇也不搭理，又去找牌局凑。牌局当然还是在我家邻居五婶家打得好，她只站在那儿负责看，有时候缺人了，她才将烟头一扔，将自己搭进去。她的牌技好得很，所以人家也不乐意跟她玩，怕钱都输光了，回家没法子跟婆娘们交代。

不过半熟儿媳妇有自知之明，况且半熟儿满大街可怜巴巴地找她，就怕她跑了似的，她也在别人家停不太久，就回家吃半熟儿做的饭了。吃完了饭，两个人就半躺在床上，面对着面，烟雾缭绕地侃起了大山。有时候他们躺在大红底子有花喜鹊的被子上，什么也不说，就对视着，眼睛里的情能拧出水来，当然拧出来的话，半熟儿肯定比他媳妇的多一桶。我去他家里买馒头，掀开帘子看到他们俩，常常会愣神，还很没出息地站在那里听一会儿。我喜欢听半熟儿媳妇的东北普通话，跟电视里一模一样，不，看见他们两个，比看电视里的白雪公主还要好。他们也不嫌弃我，或者他们觉得我这小小的人儿，根本什么也不懂，所以他们聊累了看花眼了，才会想起来，当然是半熟儿轰我走：小孩子，看什么看，馒头卖光了，去别家吧！我白他一眼，知道半熟儿骗人，他就是不想起来拿馒头，怕再回来，被窝就凉了，媳妇嘴唇上的胭脂也不好吃了，哼，我明白得很！

不过媳妇们再好看，她们也不喜欢跟我玩，更多的时候，我还是跟同伴们一起，或者干脆自己一个人，在大得没边没沿的村子里瞎逛。我最喜欢去五婶家一墙之隔的粮库里玩。粮库很大，有很多的水泥晾台，我跳上去，可以玩跳格子，也可以躺在棉花上晒太阳，睡觉，或者捉一只麻雀来，逗引它玩。还有蚂蚱、蟋蟀呢，放在瓶子里，撅起屁股来看它们打架。蟋蟀唱歌的时候，翅膀后还有灯盏，在夜晚亮亮的，我觉得那是蟋蟀给自己唱歌打的闪光灯。不过不会唱歌的蟋蟀比如“公安帽”之类的，就只能让男孩子们取乐了。他们取乐的方式很残忍，拿着小棍敲人家肚子，嘴里还念念有词，好像老道士一样。玩完了还要在大树底下架起火来烧了吃。我只吃过蚂蚱，焦煳的味道，肉挺香，可是吃完了看着地上的残骸，总觉得莫名地难过。难过的时候，我就躺在盛粮食的袋子上，抬头看树缝里漏出来的蓝天，一小片一小片的，蓝宝石一样迷人。夏天的风吹过来，清凉的，一丝一缕的，我像在摇篮里的婴儿，很快就睡过去了。

醒来的时候，常常会发现袋子少了一个，多半是让一起晒粮食的哪家的孩子给偷走了。母亲知道了会骂我两句，然后又用更响亮的骂声，沿着晾台挨个"问询"过去。我总是不明白，一骂开了人，谁还会给我们送回来呢？但是母亲不听劝，照例骂一圈，舒坦了，而后回家拿新的袋子来装粮食。再回来后母亲会顺便给我捎饭来吃，馒头咸菜，外加一个热鸡蛋，我吹着热气剥鸡蛋皮，也顾不得烫，两口就塞进了嘴里，常常咽下去半天才翻下白眼，将嗝给艰难地打出来。

粮库里最吸引我的地方，是后院的一个高高的有阁楼的储藏室。那里有堆积如山的书籍和本子，本子还是油纸的，滑滑的，软软的，却好像怎么也戳不透一样。后窗旁边有一个梯子，不知道谁放到那儿的，我猴子一样嗖嗖爬上去，打开窗户，贪婪地闻着那股子油墨味。我想我后来喜欢读书写字，肯定是从那时候开始的。我觉得那些书啊本啊，可比小媳妇们好看得多，关键是，那些都是"地主们"留下来的。不知道为什么别人都认为里面的书是地主们的，反正它们一旦被赋予这样一个来处，就好像罩上了一层神秘的面纱，同伴们都认为地主家的东西是好的，所以如果能够偷得一两本来，那简直是幸运儿。我后来果然在同伴的帮助下，用钩子钩到了几本油纸本子，我依然记得当我的手接触到那些光亮的纸张时，有接触到另外一个世界的隐秘的兴奋与不安。

后来我还偷过几次书，都是人家放在门口砖摞上的，有语文课本，聊斋读物，养猪秘方，等等。这种对于文字的饥渴感，让我在上学后，收到语文课本的第一天，就会窝在家里，将课本翻完了才肯罢休。不过五婶家的胖姑娘可不乐意我天天守着书看，她拉我在放学后去校门口的苹果园里偷苹果。苹果园是一个瘸子看管的，茂密的树丛里，他想要从南走到北，发现那些躲藏在暗处的毛贼，实在不是一件易事，常常我和胖姑娘两个人，她负责站岗，我负责偷盗。我猫腰进入苹果园，一边蹑手蹑脚地走路，一边眼睛瞟着苹果树上已经开始泛红的诱人的苹果。手当然更不会闲着，看见枝头那一簇鲜嫩嫩的红，便摘下来顺着脖颈放入束进短裤的衬衫里。苹果在风里闪烁着光泽，滚落进衬衫里的时候，更是清爽沁人。不过一会儿，它们就全被大汗淋漓的我给焐热了。而当胖姑娘报警，瘸子即将出现时，撒开了腿跑的我，更是会吓出一身冷汗，因为瘸子捉住了我们，无需打骂，直接将我们扭送进一百米外的学校，就足够我们在老师和家长面前丢尽了脸。但有时候胖姑娘会故意吓我，以便可以提前尝一个苹果，而不是要等到我吃饱了，才能品到那甘甜可口的滋味。每每这时候，我都假装生气，怨胖姑娘不能让我偷得尽兴。胖姑娘可不顾我的抱怨，一手拿一个大苹果，嘴里再叼着一个，然后用眼神示意我：快逃，后面瘸子追过来了！我跟着她一口气跑出去二里路，在胖姑娘的大笑声中，扭头看一眼那空空荡荡的大道，才知道又一次被她给骗了。

胖姑娘的爸爸五叔和妈妈五婶，天生是一对好搭档。五叔瘦得像猴子，五婶则胖得可以装下两个五叔。所以两个人吵架的时候，五叔都躲得远远的，因为怕被五婶一挥手臂给撂倒在地。五叔跟半熟儿是亲兄弟，半熟儿爱老婆像爱宝贝一样，五叔也是。两人一起下地干活，五婶总是在地头阴凉里坐着，看五叔一个人挥汗如雨。母亲因此便羡慕，回来朝我抱怨父亲不够体贴。父亲听了吼一句：体贴能管饭吃?！母亲一白眼，隔着墙头听五婶吼几句五叔，眼睛里的泪花，就溅出了一两颗。

五叔没有父亲会编筐挣钱的才艺，但是他春天会在镇上补鞋，夏天会捉蟋蟀卖钱，秋天能帮人收割玉米，冬天还会每晚打扑克赢点零花钱，所以母亲便艳羡五婶四季都有钱花。我不艳羡胖姑娘有个好爹妈，我只艳羡班里的刘小美，每到夏天的时候，就能有漂亮的花裙子穿，而且那裙子还是从大上海带过来的。刘小美家里房子多，夏天一到，蟋蟀开始叫的时候，上海人便从南方千里迢迢地赶过来，高价收购蟋蟀。据说蒲松龄的《促织》，就是取材于我所在的县城宁阳关于蟋蟀的民间故事。我不懂这些传说的可靠性，但是知道夏天一到，蟋蟀亮开了嗓子歌唱，就必定会让男人们从院子里拿着家当叮叮当当出了门，钻进玉米地里、麦秸垛旁、墙根边，或者人家猪圈里，静候那嘹亮的歌声。但是好蟋蟀是不常叫的，而且叫声多沉郁顿挫，犹如威严之人，不轻易发声。倒是没多少打斗本事的蟋蟀，常常欢快地扯开了嗓子歌唱，唯恐人家不知道它的存在。小孩子也会在夜晚走出门去捕捉蟋蟀，但他们多半是为了玩耍。当我还在为自己的蟋蟀个头大叫得响而骄傲的时候，邻村的刘小美已经越过这些小虫子，看到大上海去了。上海人寄居在她的家里，自然会给她买一些衣服之类的讨她、更确切地说讨她父母的欢心，这样他们就会吃上更好更干净的饭菜。刘小美说上海人爱吃鸡鸭鱼肉，那隐含的意思我当然明白，就是说如果上海人吃不完或者发了善心，或者刘小美的父母“手下留情”，自然她也会断不了腥味。刘小美说到好吃的时候，像一只猫闻到了鱼虾的存在，眼睛都亮了起来，那亮光一点都不啻我在高粱地里射出去的手电筒的光芒。不过她更厉害的法宝在身上，那一件一件转起圈来像铺展开来的荷叶般的裙子，不用她开口炫耀，就会灼痛了我们的眼睛。那时候的刘小美，不是猫了，而是飞在空中的白天鹅，跟我们这些旱鸭子根本就不在一个档次上，所以也无需交流什么，只扑打下翅膀，供我们羡慕嫉妒就是了。

邀请不到上海人住在自己家里，我们也只能去看一眼那些说话很嗲的远方贵客。早晨八点之前，蟋蟀市场上人山人海，炸油条的，做豆腐脑的，卖肉包子的，简直比县城里过大年还要热闹。被女人们团团围住的上海人，一定是个挣不来大钱的主儿，只能用一个又一个的篓子，收购那些小蟋蟀，回去卖给城市里没见过稀罕玩意儿的小孩子们。女人们可不是好对付的顾客，常常有刁钻的中年女人，神秘地凑过头来，对那上海人道：我这里有好货，你看不看？上海人当然迫不及待地伸过脑袋来，瞪眼瞅着那用铁皮盖子封住只留一个小孔的茶碗。当茶碗打开的时候，那手总会一抖，而蟋蟀也便趁机跳了出去，并很识时务地从人群里消失掉。而女人即刻撒泼，抓住上海男人的胳膊，非说他放走了自己价值成千上万的好货不可。上海男人瘦弱，经不起推搡，也不想跟本地人打斗，否则大抵是头青脸肿吃大亏。于是只能花钱消灾，打发了女人去。女人们倒也不贪婪，只要给个十块二十块，她们就能高兴得蹦跳起来，因为十块钱能买一大捆油条呢，足够孩子们吃个肚皮尖尖，幸福得满地打滚。

男人们可不稀罕这十块八块的玩意儿，他们干的都是大生意大买卖。一个蟋蟀在我童年时代卖上一千元，已经是大价钱，而今听说可是不止这个数字，上万也是家常便饭。男人们红着因为熬夜捕捉蟋蟀而充满血丝的眼睛，跟上海人讨价还价，有时候，碰到货真价实的蟋蟀，那主人身后，常常跟着五六七八个上海人，他们都缠着他，寸步不离地跟着他，甚至晚上偷偷跑到他家里去游说也不一定，总之一定是要将这个蟋蟀搞到手的，否则这一个夏天没有收到好货，就算是白来一趟了。那主人被一群卖主跟着，心里有了底，知道那价格应该再高一高，所以也便不着急，推脱着，去下一个摊位上询问价格。但是他哪能轻易地被人放过呢，不出一会儿，集市上有了好货的消息，就会传播开来。小孩子们和女人们都来看热闹，而买主们更是蜂拥而至，将那主人围得水泄不通，让他再也动弹不得，只能坐在地上，拍卖会一样，等着最高的价格说出来，他一锤子下去，定下这桩买卖。

最后有好货的主人当然是如愿以偿，其实他也是不愿意将蟋蟀带回家，第二天再来卖的，因为放在自己手里没有变成钱，总归有些不踏实，况且回去也不好给自己婆娘交代。万一被家里那小兔崽子一不小心放走了，他非得遗恨终生不可。卖了大钱的男人，总会被同村的“同事们”追着请客，或者讨教经验，打听究竟在哪块风水宝地逮到的蟋蟀。男人熬夜一个晚上，也不觉得困了，喋喋不休一路回来，将经验保留一些，剩下的则炫耀似的倾倒给同行。当他走到村子口，见到自家女人和孩子站在巷子口候着他时，他几乎有英雄凯旋的荣耀与骄傲。他知道这个消息无需亲口说，早已被先回家的同村人传给了老婆孩子，所以他说的第一句话必是“做了几个好菜?”女人笑嘻嘻地讨好他：还用问，八个盘，鸡鸭鱼肉样样不缺！男人听完，也不再多言，掏出一张百元大钞，给女人道：再买几个，请人喝酒。

整个夏天，村子里就被这样的兴奋撩拨着，就像一根草茎撩拨着蟋蟀的头部，让它酥不可耐，只能张开翅膀，放声歌唱。只是偶尔也有小的忧伤，在我年少的心里，雾一样缭绕不去。忧伤来自于母亲，又传染给我。村子里女人们的忧伤，像月经一样隔断时间就会发作，大多不治而愈。不过是夫妻吵了架，孩子不争气，老人生了病，或者兄弟媳妇闹了不愉快。但母亲的忧伤，很长久。母亲十七岁的时候，就失去了她自己的母亲，也就是我的姥姥。在嫁给外乡的父亲之后，并未得到期待中男人的温柔与体贴。父亲沉默寡言，又脾气暴躁，两个人吵架后，也从不肯主动地给母亲道歉，常常冷战很多天。母亲的忧伤，就是从那个时候开始的。它影响了我，让我在父母吵架的时候，觉得孤独，找不到人倾诉，也不知道如何倾诉，于是只能在深蓝的天空下，躺在麦地里，或者西瓜棚里，一个人发呆，听见风在耳边呼啸而过，庄稼们不管我，兀自向上生长。泥土是湿润的，好像从某个很深很深的地方汲取着乳汁。牛在低声地哞哞叫着，不知道在呼唤谁。村子里的傻子在苹果园里被人逮住了呵斥，而母亲唤我回家的声音，也在青烟中缭绕传来。我知道那个时候的母亲，跟我一样孤独，所以她需要找到我，牵着我的手，传递一些温度给彼此。

我与母亲走着走着，就出了村子，而后沿着一条河，一直向东走，大约两个小时之后，会见到另外一大片的农田与村庄。

而姨妈家的院子，则需要经过很多头牛，跟许多个熟悉或不熟悉的人打过招呼后，才能够在村子的尽头抵达。

姨妈是个长得壮硕的女人，她有比母亲幸福的婚姻，母亲一连生了三个女孩，而姨妈则底气十足地连生两个儿子。更为重要的，是当小学老师的姨夫吃“国库粮”，领工资，跟父亲完全不在一个层次上。所以母亲在姨妈面前，说话便总是矮了三分。而姨妈则永远是一副骄傲的模样，嗓门也高，见母亲眼睛红红地进来，并没有好言好语，而是训斥道：天天吵架，也不知有什么好吵的?！母亲听了就哭，我也握着母亲沾满了泪水的手，跟着她哭，一边哭一边还在姨妈难看的脸色阴影中，小心翼翼地哀求母亲：娘，咱们走吧，我想回家。

等母亲哭够了，将吵架原委也给姨妈讲述完了，姨妈才会不耐烦地起身，要去给我和母亲做饭。母亲总是立刻起身，劝说着姨妈不要忙碌，我们坐坐就走。姨妈虚让一两次，也就罢了，拿来一些点心，“打发”我和母亲。母亲将点心拿一片给我，而后讪讪说一些废话，见我吃完了，帮我抹抹嘴唇上的碎屑，便起身，说：走吧。

我回头看一眼那些好吃的点心，有点舍不得，姨妈将点心收拾了，装入袋子里，让我们带上，而母亲却已经拉着我，出了院门，且任凭姨妈怎么喊破了嗓子，也不肯回头看一眼。我被母亲紧紧拉着，出了村子，绕过树林，再穿越一条干枯的河流，这才能喘口气，问母亲：姨妈是不是不喜欢我们？母亲的眼泪又被我弄出来了，她总是有如此丰盈的眼泪，到而今老了，依然如此，好像她的身体里有一条奔腾不息的河流，只要生命不止，河水也永远不会干枯。母亲无声地哭了一会，才抚摸一下我的脑袋，说：是啊，姨妈不希望我们留下来，让她心烦，所以我们还是回家吧。我又问：回家爹再打你怎么办呢？母亲忽然不出声了，她只是拉着我，飞快地走着，走着，好像我们忽然间有了翅膀，能够将那个代表了羞耻与伤感的村子，给不留痕迹地丢在后面。

这样的孤独，像地上的野草，即便用了除草剂，也从未灭绝过。我在父母的争吵声中，一天天成长，知道有些事情无法改变，可又不能停止痛苦与挣扎。就像故乡，它一直都在那里，没有消失，也生生不息地孕育着悲欢离合，或者，催生着新的不完美的婚姻，和某个孩子孤独的童年。

后　记

写下这篇后记的时候，恰好是月圆的中秋。只是，我已经嫁到千里之外的青城，并有了不满周岁的女儿阿尔姗娜。如果故乡的父母没有什么意外，或许，我会一直在异乡度过一个又一个的中秋。

我只用了三个月的时间，便将此书写完。但花费了三十多年的时光，用来储备和酝酿所有的素材。它们在我心里，从我呱呱坠地的那一刻，就已经悄无声息地扎下根去。所以写作只是在尽情地倾诉，好像对自己亲密的爱人，谈及在我的生命之中占有重要位置的童年时光。我就这样喋喋不休地说了一本书的话，却意犹未尽。我多么希望能有一个人，陪我去故乡走走。我将那些烙在生命之中，永远无法抹去的印迹，一一指给他看。我希望他能够通由这些印记，懂得我心底时时浮起的孤独，理解我心灵深处的惶恐与不安，进而宽容我在琐碎的生活面前，常常流露出的焦灼与绝望。可是，我也知道，除了自己，没有人能够真正懂得我在故乡度过的二十年的时光，如何深深地嵌入了我的身体和灵魂之中。即便未来的某一天，女儿阿尔姗娜长大成人，也不能够完全懂得我所有的言行举止，和对人生的悲观态度，怎样源自于童年时乡村生活的印记。

或许，我们所有的人，谈及对故乡的情感时，都是孤独的自言自语的人。我们在故乡历经的悲欢，注定了我们未来在人群中展露的面容。近乡情更怯，真正胆怯的，不是遇到熟识的乡人，而是童年时真实的自我。在城市中戴着面具漂泊的我们，惧怕那个深藏在内心深处的孩子，他（她）的纯净的双眸，会让在俗世生活中一身盔甲的我们，不敢直视。

还好，我已经足够地成熟和宽容，可以借助于文字，坦诚地面对童年的自己，面对故乡浓郁的烟火气息和复杂的人情世故。写下这本书，或许，也是为了让女儿在成人后，可以了解对她来说，只是一个地理位置的母亲出生的地方。我想很多与我同龄的定居在城市的人，都有对于故乡的挥之不去的情结。这情结是一个不易解开的结扣，往往，我们耗费了一生，也无法将其从故乡